느네 아버지 방에서 운다

느네 아버지 방에서 운다

백가흠 산문

교유서가

작가의 말

부쩍 공중을 바라보는 일이 잦아졌다. 그러다보니 어딘가로 향
하는 비행기도 보고 달이 지는 모습도 보게 되었다. 땅만 보고
걷다보면 엉뚱한 곳에 서 있는 나를 발견하게 된다. 여기가 오고
자 했던 곳인가, 아닌가. 아쉬움이 없지 않겠지만 흘러와서 흘러
가니 딱히 지금 서 있는 이곳에서 더 바라는 것도 없겠다, 싶다.
글을 쓰기 시작한 후로, 말을 팔아먹고 산 후로 후회하지 않은
날이 하루도 없었지만, 작가의 말을 쓰는 지금이 가장 그렇다.
천천히 미명이 바다 위로 오고 있다. 막연하고, 아름다운 저 끝
을 바라본다.

　가끔 이 세계를 창조한 존재에 대해, 서로를 끌어당기며 적절
하게 돌고 도는 우주의 섭리를 만든 신을 떠올리면 저절로 머리

가 숙어진다. 무엇보다 이 세계 밖에서 여기를 지켜보고 있을 너 그리움에 감사를 드린다. 더불어 내 우주 밖에서 나를 들여다보고 있는 독자들에게도 축복을!

백가흠

차례

3부 도시는 무엇으로 이루어지는가

4부 내가, 나에게

1부

엄마의
택배 박스

환타와 시루떡

나는 사자자리, 한여름, 가장 덥고 더운 날 엄마는 나를 낳았다. 내 생일 무렵이면 엄마는 출산의 고통보다도 더위와 싸우느라 고되었던 젊었을 한때를 말하곤 했다. 지금이야 생일이란 것이 누구에게나 가장 큰 기념일이고, 1년 중 가장 바쁜 행사 주간이 되었지만 예전에는 꼭 그런 것은 아니었다. 아침에 소박하고 조촐한 밥상에 식구들이 둘러앉아 미역국을 먹는 게 전부였으니까. 독실한 기독교 신자인 부모님은 우리 형제의 생일보다 예수님의 생일이 더 기념할 만한 날이었고, 생일을 맞아도 선물은커녕 특별한 의식도 없었지만 크리스마스엔 달랐다. 나는 내 생일보다 예수님의 생일을 더 기다리곤 했다.

열 살이 되던 해, 생일 무렵이었을 것이다. 처음으로 한 친구의 생일 초대를 받았다. 연필 한 자루를 손에 쥐고 그 친구의 집으로 향했다. 지금도 그 기억이 생생한 것을 보면 가히 내겐 그 날이 충격적이었던 모양이다. 생일에 다른 집은 이렇게 축하를 받는구나, 하는 자각보다도 어느 하루의 주인공이 되어보는 즐거움, 부러움 같은 것을 어린 나도 알아버리게 된 것이다. 케이크에 초를 켜고 선물을 받는 주인공이 나도 한번 되어보고 싶었던 것이다. 기억은 나지 않지만 아마도 내가 생일 파티에 다녀온 뒤로 떼를 썼을 것이다.

며칠 후, 내 생일에 친구 몇 명을 집으로 불렀다. 나는 연필이며 공책 같은 것을 선물로 받았다. 둘러앉은 밥상, 아이들 앞에 각각 수박이 담긴 유리 대접이 놓였다. 그리고 엄마가 수박이 담긴 그릇에 환타를 부었다. 오렌지색 환타가 수박 때문에 더 붉어졌다. 그리고 상 한가운데 김이 모락모락 시루떡이 놓였다. 엄마도 초보일 때니까. 다른 집 아이들 생일 파티를 본 적도 없을 때니까. 엄마로서는 최선을 다한 일, 하지만 나는 감수성 강한 어린이, 그 일로 민망함을 알아버렸다. 뒤로 다시는 내 생일 파티 같은 것을 하자고 조른 적이 없으니까, 하루의 주인공이 되겠다는 기대감은 어린 나이에 그렇게 사라져버렸다.

얼마 전, 사우나에 갔다. 열심히 땀을 빼고 냉장고에 오렌지 환타가 보여 열 살 때의 기억을 냉큼 마셨다. 갈증이 가시자 빙긋이 웃음이 자꾸 나왔다. 무려 40여 년 전의 그 환타가 이리 맛났단 말인가. 이 정도면 민망함도 이제는 잊을 만한 일이 분명하다.

　얼마 전, 엄마가 내가 새로 이사한 집에 다녀갔다. 생각난 김에 유일했던 열 살, 생일 파티에 대해 물었다. 물론 엄마는 아무것도 기억을 하지 못했다. 그런데 나를 가졌을 때, 엄마는 그게 그렇게 그런 음식이 먹고 싶었었다고 했다. 탄산음료와 떡, 그리고 아주 신맛 나는 과일. 그러니까 내가 기억하고 있는 열 살의 생일상은 엄마가 나를 임신했을 때 먹고 싶었던 것을 내놓은 셈. 덥고 더운 날, 아들 생일이라고 시루떡을 찌느라 고생했을 엄마가 떠오르자 그날 붉디붉었던 환타마냥 눈가가 어릿하다. 열 살에 알아버린 민망함이 40여 년이 지나 짠함으로 바뀐 어느 봄날. 꽃이 환하다. 🐾

빨라진 기차가 빼앗은 시간

빛 좋은 봄날, 조치원에 있는 한 대학교에 특강을 다녀왔다. 종종 강연 의뢰가 들어올 때마다 난감하지만, 거절하기가 힘들다. 한두 시간 강연하고 받는 강연료가 제법 쏠쏠하게 느껴져 매번 가는 것이지만, 갈 때마다 마음이 무겁기만 하다. 이렇게 문학을 말로 팔아서 살아도 되나 싶을 때가 많기 때문이다. 요즘은 글보다 말을 팔 때가 더 많으니 그렇다.

조치원에 가기 위해서 오랜만에 무궁화호를 탔다. 기억에 고향에서 서울로 상경하는 기차를 타고, 조치원역에 서면 되돌아갈 수 없을 만큼 고향에서 멀어진 것 같은 느낌이 들고는 했다. 이제는 너무 아련한 기억을 더듬으며 느긋하게 뒤로 밀리는 풍경에 빠졌다.

KTX가 생기고 나서부터 조치원역은 좀 덜 부산한 역이 되었다. 언제부턴가 익숙해진 KTX의 속력에 무궁화호 열차는 정말이지 한없이 느리게만 느껴졌다. 하지만 상대적으로 느린 기차는 간만 호젓함을 안겨주었다. 오래전 기차는 많은 낭만과 다짐을 싣고 달리는 것이었지만 어마어마한 새로운 속력이 그것을 잊게 한 것 같았다.

고향이 익산인 나는 서울을 오고갈 때마다 언제나 기차를 이용했다. 내려갈 때는 고향에 남겨둔 첫사랑의 추억을 함께 싣곤 했고, 올라올 때는 엄마가 잔뜩 싸준 김치며 반찬들이 어김없이 손에 들려 있었다. 때때로 선반에 올려놓은 짐보따리에서 김칫국물이 뚝뚝 떨어져 난감할 때도 있었다. 올라오는 내내 부모님 생각, 점점 멀어지는 친구들 생각, 고향에 두고 온 생각들로 창밖을 멍하니 바라볼 때가 많았다. 무궁화호 열차가 가진 속도는 그 짠한 고향을 생각하기에 안성맞춤인 것이었다. 느린 기차는 그런 추억과 기억을 실어나르고 있었다.

낭만과 그리움은 속력에 반비례하는 것인가. 오래전 기차는 그런 기억과 감정을 함께 싣고 달렸지만, 이제는 빨라진 속력만큼 그것도 희미해졌다. 기차는 도시에서 도시로 가장 빠르게 이동할 때 필요한 수단으로만 남은 것 같아 쓸쓸한 기분이 들었다. 수단과 기능에만 집착하게 되면 버려지는 것이 너무 많다. 빨라진 속력이 내게 선사한 것은 한 시간 정도의 에누리겠지만, 빼앗아간 것은 추억과 낭만과 다짐할 시간 같은 것이었다. 그 사라진

시간은 다시 어디에서 찾을 수 있을까. 빨라진 속력을 일부러 늦출 수도 없는 일이니 말이다. 🐾

부모님에게

그 집에서 우리 가족은 34년을 살았다. 그 넓었던 집이 실제론 얼마나 비좁았는지, 깨닫는 데 얼마의 시간이 필요하지 않았다. 아버지의 책은 무럭무럭 자라서 방방마다 벽을 모두 차지했고, 우리 삼형제는 '벽에 등을 기대'는 것이 무엇인지 모르고 자랐다. 널찍했던 마당은 그리 크지 않다는 것을, 축구 같은 것은 꿈도 꿀 수 없다는 것을 일찍 알게 되었다. 마당은 겨우 햇볕이나 가만히 앉아 쬘 수 있을 만큼의 크기였다. 공간이 좁으면 물론 친밀함은 더할 나위 없이 좋지만, 싸울 일도 많아진다. 좁은 공간에서 부딪히는 감정들은 쉽게 상하기 마련이다. 특히 겨울이면 가장 따뜻한 방을 찾아 가족 모두 한곳에 모여 있었다. 비좁은 방안에서는 각자 하고 싶은 일을 맘대로 할 수 없었다. 아버지가 책을 읽기 시작하면, 우리는 조르르 따라서 책을 읽었고,

책에 취미가 없는 어머니가 슬그머니 TV를 켜면 우리는 책을 놓고 TV를 보았다. 가족 모두가 취향과 취미가 같아지는 것은 행복한 일이다.

아버지가 어느 날, 말했다. '내가 처음, 이제, 늙기 시작하는구나, 느낀 것은 자식들이 하나, 둘 집을 떠나기 시작할 때'였다고 말이다. 장남인 내가 가장 먼저 그 집을 떠났다. 네 살에 그 집으로 이사가서 고등학교 졸업 때까지 15년을 살았다. 대학에 떨어져 재수를 하러 상경했다. 서울은 밤새 놀 수 있는 동네도 있었고, 거리는 언제나 분주했고, 사람도 많았다. 신이 났다. 서울이 내 집인 것 같았다. 나는 하루빨리 서울 사람이 되려고 애썼다. 사투리를 잊으려 노력했고, 악다구니 넘치던 비좁은 동네 골목길과 책으로 가득했던 우리집을 기억에서 지우려 애썼다. 나는 이후, 서울 이곳저곳을 떠돌아다니며 살았다.

고향집에는 방학 때 잠깐 들르거나, 명절이면 며칠 머무르는 게 전부였다. 두번째로 막냇동생이 고등학교에 진학하며 집을 떠났다. 대학을 들어간 뒤에는 서울에서 나와 함께 살기 시작했다. 마지막으로 여동생이 집을 떠났다. 여동생은 그 집에서 26년을 살다가 결혼을 하며 분가했다. 부모님은 완전하게 둘만, 오롯이 그 집에 남게 되었다.

한데, 자식들이 모두 집을 떠나고도 몇 년이 지난 후에 어머니에게서 느닷없이 전화가 걸려왔다. 내용인즉, '집이 비좁아서 더

이상은 그 집에서 살지 못하겠다'는 것이었다. 다섯 식구가 살기에 작았던 것은 사실이었지만, 두 분이 살기엔 문제가 없다고 생각했으니 잘 이해가 되지 않았다. 하지만 결국 부모님은 뜻대로 이사를 했다. 바로 앞집으로 말이다. 나는 부모님이 낡은 동네를 떠나 좀 깔끔하고 번듯한 아파트 단지로 이사를 했으면 하고 바랐다. 내가 편하다고 생각하는 것이 부모님도 편할 것이란 생각만큼 잘못된 생각은 없다.

부모님은 일흔이 되어서야 널찍한 집을 갖게 되었다. 집을 짓는 동안 바쁘다는 핑계로 한 번도 가보지 못했다. 그야말로 나는 손님처럼 부모님 집에 우리집을 구경하러 들렀다. 잠깐, 집에 들렀을 때 아버지가 스케치북 하나를 보여주었는데, 빼곡하게 스케치와 메모가 있었다. '장독대' 도면 같은 것에는 무릎이 편치 않은 어머니가 '최대한 무리하지 않고 한 번에 올라설 수 있는 높이로 맞출 것' 같은 메모라든가, '마당'에는 '두 개의 화단을 만들 것', 어머니의 채소밭과 아버지의 꽃밭을 '마주보게 조성', '화분들은 마당 한가운데 모아 또 하나의 꽃밭' 같은 메모가 빼곡하게 적혀 있었다.

어머니가 왜, 집이 비좁다고 했는지, 두 분이 지은 집에 가보고서야 알 수 있었다. 집에 쌓인 추억과 기억이 너무 많아, 집은 점점 작아져 한 뼘으로나 남았던 것이다. 부모님에게는 어린 자식들의 기억을 대신할 새로운 시간에 대한 추억을 담을 집이 필요했던 것이다. 손자와 며느리, 사위 같은 새롭게 생긴 가족들에 대한 추억을 아무리 담아도 비좁지 않을 말년 추억의 장소가 말이다. 1년에 한 번 모이는 가족들을 맞이하려, 늙으신 부모님에게는 더, 더 큰 집이 필요했던 것이다. 모든 것을 추억으로 하나도 빠짐없이 꼼꼼하게 쌓기 위해 말이다. 🐾

아버지와 단둘이 탄 기차

서울에 처음 올라온 것은 막 스무 살이 되었을 때였다. 고만한 때에 모든 청년들이 다 그러한 것은 아니었지만 딱히 무엇이 하고 싶다거나, 뭐가 돼야겠다는 생각과 다짐을 하기엔 너무 어린 나이였다. 후에도 별반 다르지 않았다는 것을 보면 차라리 그때에야 단기적인 목표가 있던 때였다. 고3 시절을 선뜻 말 못 할 마음속의 불화로 흘러보낸 것을 부모님은 알지 못했다.

대학입시에 실패하고 부모님의 기대를 무참히 저버리게 된 이유는 방에 빼곡하게 쌓여 있는 아버지의 책 중에서도 삼성출판사에서 나온 제3세대 소설 전집과 정음사판 도스토옙스키 전집 때문이었다. 그렇다고 문학을 하겠다거나 글을 써봐야겠다는 생각은 한 번도 해본 적이 없었다. 그 시절 나의 꿈은 전기공학과에 들어가 졸업한 다음 회사에 취직을 하는 것이었다. 소설책을 읽다보면 막연히 저절로 그렇게 될 줄 믿고 있던 때였다. 아버지는 간혹 내게 '넌 뭐가 될래?' 하고 묻곤 했는데 그때마다 나는 '공대 가서 취직이나 하지 뭐', 친구에게 말하듯 무심하게 대답했다.

성적은 점점 곤두박질쳐서 더 내려갈 곳이 없다는 것을 모르는 사람은 부모님밖에 없었다. 전날 읽던 소설이 궁금해서 시험공부 시간을 줄여야 했던 날이 많았고, 만화방에서 만화책을 읽느라 시험시간을 땡땡이친 적도 있었다. 시험보다 당구 내기를 더 중요하게 생각하던 때였다. 한두 번 그러다보니 자포자기가 됐다. 예상했던 대로 나는 대학에 떨어졌다.

재수는 생각할 수도 없었다. 놀아야 했기 때문이었다. 시험이 끝나고 짧은 시간 동안 소설책보다 더 재미있는 많은 것을 알게 되었기 때문에 이젠 소설 읽을 시간도 없어졌다.

"이제 어떻게 할 테냐?"

어느 날, 아버지가 밖으로 나가는 나를 앉혀놓고 물었다. 그렇게 막연한 질문은 없었다. 내가 뭘 할 수 있다는 말인가. 더군다나 '어떻게'라니. 나는 그저 놀아야만 했다. 그게 가장 내 인생에서 가치 있는 일임을 나는 믿어 의심치 않았다.

"전문대에 갈래요. 방사선과 같은 데. 취직 잘된다던데."

말은 그럴듯했지만 이제 작정하고 놀 궁리뿐이었다.

"그러지 말고 재수해라. 성적이 떨어진 거니 다시 올릴 수 있을 거야."

나는 고개를 절레절레 흔들었다. 다시 대학입시를 준비한다는 것은 말도 안 되는 일이었다. 입시 준비라는 것은 일생에 한 번만 해야 하는 일이고 그 시간은 이미 만료되었다고 생각했다.

"싫어요. 그냥 집에서 가까운 전문대학교 아무 곳이나 갈래요."

아버지는 전주의 한 고등학교 국어선생님이었는데 직업이 직업인지라 자식이 대학에 떨어졌다는 사실을 인정할 수 없는 듯했다. 그때는 분명 그렇게 생각했다. 그만큼 나는 어렸다. 자식의 좀더 나은 미래를 꾸려주고자 빠듯한 살림에도 불구하고 재수를 결심한 부모의 마음을 구분 못 할 정도로 나는 철없고 어렸다.

"그러지 말고 서울로 가서 1년만 더 해보거라."

나는 귀가 솔깃했다.

"서울요?"

굳이 서울로 나를 보내려 한 아버지의 마음은 짐작 가는 구석이 있었다. 죽고 못 사는 그 잘난 내 친구들과 결별시키기 위함이었다.

"서울로 간다면야……."

나는 말끝을 흐렸지만 속으로는 쾌재를 불렀다. 부모님 눈치 보지 않고 하고 싶은 대로 할 수 있는 서울, 그곳은 내가 진정으로 고대하고 기대하던 바였다.

아버지는 내가 고등학교 졸업도 하지 않았는데 내 손목을 잡고 서둘러 서울행 기차를 탔다.

"이러고 있을 시간이 없어. 다른 아이들은 벌써 내년 입시 준비에 들어갔다."

나는 속으로 말도 안 되는 소리라고 생각했다. 졸업식 끝나고 가도 될 것을. 졸업식 날 친구들과 모여 술 마실 계획에 차질이 생긴 것이 영 속상해서 내 입은 오리 주둥이마냥 앞으로 솟아 있었다. 불만도 잠시 나는 다른 일 때문에 안절부절못했는데 이유는 아버지와 단둘이 기차를 타야 했기 때문이었다. 처음 있는 일이었다. 아버지와 단둘이 있는 것이 불편하다는 것을 처음 알았다. 지루했고 불편했다.

아버지는 내가 듣거나 말거나 이런저런 얘기를 하기 시작했다. 아버지도 재수를 했다는 것을 그때 처음 알았다.

"그림을 그리고 싶었는데 레슨이라는 것을 받아봤어야지. 명문대학이라 그런지, 시험 보러 온 아이들이 그리는 그림도 그렇고, 얼굴들도 세련돼 보여서 얼마나 주눅이 들었는지."

아버지는 이미 30년 전의 그때로 돌아간 것처럼 차창 멀리를 멍하니 쳐다보았다.

"네 나이엔 그걸 잘 몰라. 뭘 하고 싶은지. 뭘 잘할 수 있는지 말이다. 나도 어렸을 적엔 그림 그리고 싶어서 시험 봤다가 떨어지고, 후에는 글이 쓰고 싶어서 문예창작과에도 갔지만, 지금은 선생으로 한평생 지나잖니. 지나고 나니 기회가 기회인 줄 몰랐지만. 너한테 적어도 최소한의 그것은 다시 주고 싶어서 형편이 어려워도 서울에서 재수시키는 것이니 딴맘 먹지 말고 1년만 해봐, 열심히. 해보고 안 되면 아무 말 안 하마."

열차는 더디게, 더디게 서울로 향했다. 아버지와 단둘이 있는 그 시간은 세상에서 가장 느린 시간처럼 다가왔다. 아버지는 내내 내게서 다짐을 받고 싶어 했지만 나는 모른 척했다. 그러고 싶지도 않았고 자신도 없었다.

"나도 꼭 네 나이 때 서울로 와서 몇 년을 살았다. 물론 아무것도 얻지 못하고 낙향했지만 말이다."

서울역을 빠져나와 큰아버지 댁으로 가는 버스를 기다리며 아버지가 말했다.

"아무것도 얻지 못했지만 살면서 보니 그 아무것이 아무것은 아닌 것 같더라."

큰아버지 집까진 서울역에서 한참을 가야만 했다. 처음 타보는 만원 버스에서 나는 아버지와 떨어지지 않으려고, 또 촌놈티가 날까 노심초사하며 긴 시간을 서 있었다. 촌티가 날까봐 자리가 비어도 자리에 앉지 않았다. 자리에 앉은 아버지가 자기 자리를 내어주려 했지만 나는 모른 척 아버지의 시선을 피했다. 새벽밥을 먹고 출발했는데 이미 점심이 훌쩍 지나 있었다.

"잠깐 먼저 들를 데가 있다."

아버지가 내 손목을 잡고 내린 곳은 제기동의 어느 시장 골목이었다. 처음에는 큰집에 들고 갈 무엇을 사기 위해 버스에서 내린 줄 알았다.

"내가 미리 알아봤는데 이 근처에서는 이 학원이 젤 낫다더라."

나는 앞장서는 아버지의 뒷모습을 보며 얼굴을 찌푸렸다.

"학원은 노량진에 많다던데……."

앞서가는 아버지에게 볼멘소릴 던져보았지만 허사였다. 맥이 풀리는 기분이었다. 앞으로 재수를 하러 올라올 몇몇 친구들과 노량진에서 만나기로 이미 약속까지 해두었는데 낭패였다. 아는 사람 하나 없는 학원에서 어떻게 지내야 할는지 벌써부터 막막했다.

접수를 하는 아버지에게서 멀찍하게 떨어져 나는 딴청을 피웠다. 나중에 어떤 핑계를 대고서든지 노량진으로 학원을 옮길 궁리밖에 없었다. 나의 바람과 잔머리를 아버지는 어떻게 알았는지 3개월 치 수강료를 미리 지불해버렸다.

"내일 아침부터 나오면 된단다."

아버지가 말했고, 나는 우뚝 걸음을 멈춰 섰다.

"내일부터 당장이요? 그럼 어떡해요. 지리도 익혀야 하고 서울 구경도 해야 하는데."

아버지가 멈춰 서더니 돌아서 기운 빠진 목소리로 말했다.

"방금 한 달 치 월급을 고스란히 너 학원비로 냈다. 너 여기 있는 동안 나머지로 남은 네 식구가 먹고살아야 하니, 그것은 잊지 말아라."

아버지는 가던 길을 앞장서 걸어갔고 나는 불만이 가득한 채 아버지 뒤를 밟았다.

큰집이었지만 왕래가 뜸해서였던지 남보다도 더 낯설어서 불편하기만 했다. 그나마 아버지가 같이 있어서 처음으로 다행이라고 생각했다. 그런데 간소한 짐을 부리자마자 아버지가 황급하게 일어섰다. 나는 당황해서 따라 일어섰다.

"피곤할 테니 쉬어, 넌."

아버지는 뭐가 그리 미안한지 큰아버지, 큰어머니의 만류에도 다급하게 집을 나섰다.

"아빠, 며칠 있다 가. 나 혼자 여기 어떻게 있어."

나는 아버지의 팔을 붙들고 늘어졌지만 아버지는 매몰차게 내 팔을 뿌리쳤다. 큰아버지, 큰어머니에게 난감한 듯 머리를 긁적이며 속주머니에서 봉투를 꺼내 내밀었다.

"형수님, 많이는 못 넣었는데 생활비 보태 쓰세요."

큰어머니는 완강하게 거부했지만 아버지는 끈질기게 봉투를 내려놓았다. 아버지가 도망치듯 문을 나서고, 나는 부리나케 따라나섰다. 어렸을 적 엄마 손을 놓쳐 난감해하며 다가서던 두려움이 되살아나는 것 같았다.

"아버지, 같이 가요."

나는 뛰듯이 멀어져가는 아버지를 불러세웠다.

"어여, 들어가라니깐."

아버지가 내 등을 떠밀었지만 나는 고집을 꺾지 않았다.

"역까지만 배웅할게."

아버지는 그러라는 듯 말없이 돌아섰다.

"역까지 갔다 다시 찾아갈 수 있겠냐?"

다시 버스를 타고 서울역으로 가는 길, 한참 만에 아버지가
말했다.

"아까 간 대로 가면 되지."

이후로 서울역에 갈 때까지 아버지와 나는 아무 말이 없었다.
느릿느릿 뒤로 밀리는 종로 거리를 멍하니 쳐다보기만 했다.

"큰아빠, 큰엄마 말 잘 듣고. 형들 말도 잘 듣고."

뭔가 생각났다는 듯 혼잣말처럼 아버지가 중얼거렸다.

"걱정 마요. 나 성격 좋잖아. 그나저나 밥이라도 먹고 가지."

아버지는 손사래를 치며 후다닥 기차표를 끊었다.

"집밥이 편혀. 어여, 해지기 전에 들어가라. 공부 열심히 하고.
서울 신기하다고 너무 놀기만 하지는 말고."

아버지의 말에 속으로 뜨끔했다.

"그리고 이거 더 받아."

아버지가 남은 돈 모두를 내게 내밀었다.

"용돈은 아까도 줬잖아. 괜찮아요."

"갖고 있어, 그냥. 네가 바로 필요할 때 내 형편이 어떨지도 모르고."

큰집을 나설 때처럼 아버지는 황급히 돌아서 기차에 올랐다. 뒤돌아보지도 않았다. 축 처진 아버지의 어깨를 처음 보았다. 못 볼 것을 본 것처럼 나도 황급히 발걸음을 돌렸다. 그런데 그때부터 이유 없이 눈물이 나기 시작했다. 우는 것을 혹시라도 뒤돌아본 아버지에게 들킬까봐 얼른 기둥 뒤에 몸을 숨겼다.

재수 후에 난 운좋게 대학에 합격을 했다. 서울에 남을 수 있는 게 기뻤다. 순전히 아버지의 계획대로 결국 성공한 셈이었다.

입학한 문예창작학과는 아버지도 오래전에 다녔던 학과였다. 나보다 더 아버지가 기뻤던 것은 그런 이유 때문이었을 것이다. '때론 자신보다 부모가 더 잘 알 때도 있어. 뭘 잘하는지. 뭘 잘할 수 있는지. 결국 날 닮지 누굴 닮았겠어. 날 보고 널 보면 때론 답이 나올 때도 있는 거지.' 공대생이 될 줄 알았던 나는 문예창작학과에 갔고, 결국 신춘문예에 당선되어 소설가도 되었다. 처음 상경할 때 전혀 상상해보지 않았던 일이었다. 그런데 같이 상경하던 그 처음, 아버지는 아들의 미래를 예견하고 있었던 걸까. 🐾

엄마의 택배 박스

오늘 낮 엄마가 보낸 택배가 배달되었다. 큼지막한 사과 박스 하나를 택배 기사가 끙끙대며 현관 앞에 내려놓았다. 한 달에 한 번 혹은 두 번 배달되는 택배 박스는 정말이지 어렸을 적 받으면 설레서 밤잠을 설쳤던 종합과자선물세트와 같다. 그 안에는 엄마만이 가능한 일들이 들어 있기 마련이다. 때론 택배 기사가 박스를 내려놓으며 안에 무엇이 들어 있느냐고 묻기도 한다. 그 무게가 20킬로그램을 훌쩍 넘을 때도 있기 때문이다. 오늘도 택배 기사가 궁금함을 참지 못하고 물어서 나는 다른 날과는 달리 그의 앞에서 박스를 열었다.

"오늘은 다른 때보단 가볍네요."

매번 같은 사람이 배달을 왔는데 지난번 안면을 튼 동갑내기 택배 기사가 친근하게 말했다. 그는 두 딸을 둔 가장이라고 했다.

박스를 열자 반찬통 사이로 틈 없이 빼곡하게 담겨 있는 한라봉이 눈에 들어왔다. 반찬통을 싼 비닐봉지 사이 선명한 노랑의 대비에 눈이 뜨였다. 택배 기사가 허허 소리를 내며 웃었다.

"우리 엄마하고 똑같네요."

"엄마들이 다 그렇죠? 먹을 거 싸줄 땐 빈틈이 없어요."

나는 한라봉을 몇 개 집어 그에게 내밀었지만, 손사래를 치며 뒤로 물러섰다.

"그러지 말고 드세요, 힘드셨을 텐데."

"이걸 내가 뺏어 먹을 수 있나요."

택배 기사는 극구 사양을 했지만 나는 엘리베이터까지 따라나가 기어이 손에 한라봉 세 개를 쥐여주었다.

형제 둘이 사는 집, 뭐 먹을 거 있겠나 싶어 엄마는 언제나 노심초사한다. 시도 때도 없이 전화를 걸어 점심엔 뭘 먹었는지, 저녁에는 뭘 먹을 건지 묻기도 한다. 살림살이엔 영 취미가 없는 동생보다야 자취 역사가 근 10년 경력에 가까운 내게 말해야 말발이 통한다는 것을 알고 있는지라, 엄마는 내게 전화를 해선 끊임없이 살림살이에 대해 자기의 노하우를 전수하기 바쁘다. 물론 나는 언제나 건성이다. 강의로, 글쓰기로 언제나 바빠서 집에서 밥을 먹을 일이 거의 없기 때문이기도 하다. 나는 한참을 말한 엄마에게 전화로 말한다. '그런 거 누가 먹는다고 보내. 이제 보내지 마요, 내가 필요하면 전화할게.' 엄마가 서운한 마음이 드는 것은 자명한 사실. 그런데 엄마도 이런 말은 건성으로 듣는다.

내가 엄마의 오랜 취미생활인 반찬 보내기를 극구 사양하는 이유는 냉장고에서 기한을 넘겨 음식 쓰레기로 버려지는 날이 허다하기 때문이다. 물론 답하기 귀찮아서, 그런 것들을 정리할 시간이 없다는 것이 내가 주로 대는 핑계이지만, 냉장고에서 썩어가는 반찬통을 보자면 화딱지가 난다. 음식물 쓰레기 버리는 것도 만만치 않은 일이라, 먹지 못한 음식이 아까워서라기보다 그것이 더 귀찮아서 미리 짜증이 이는 것이다. 그러니까 난 참, 못된 놈이다.

아침이면 매번 일정한 시간에 전화가 온다. 엄마는 수화기 너머로 일어나서 밥 먹으라고 성화다. 대부분은 밀린 원고를 쓰거나 노느라 밤을 꼴딱 새우고 난 후라, 내 짜증은 이루 말할 수 없을 정도다. 나는 소리친다. 사람이 밥만 먹고 사냐고. 엄마는 그래도 다 먹어야 살지, 하곤 전화를 뚝 끊어버린다. 도망간 잠 찾아올 길 없어 신경질이 인다. 엄마는 할말을 다 했으니 성공적이다.

그런데 어찌 일곱 살 때나 서른일곱 살 때나 엄마와 나는 똑같은 일상을 반복하는 게 참으로 씁쓸하다. 엄마가 잘못한 게 무어가 있나 곰곰 신경질을 밀어내며 생각한다. 요즘 들어 엄마의 성화는 더 심해졌다. 내가 서른일곱이 되어서도 결혼을 하지 않왔기 때문이다. 엄마가 언젠가 말한 적이 있다.

"여기는 시골이라 장가를 그 나이 되어서도 가지 않는 게 마치 니가 무슨 흠이 있는 줄 사람들은 안당게."

흠이 없다고 생각하는 사람은 엄마가 유일하다, 정말. 나는 '흠'투성이, 엄마만 모른다. 나는 성질 괴팍한 글쟁이다. 나이에 걸맞게 배도 나왔고, 수입도 일정치 않은, 물론 집도 없고, 아파트 꼭대기 전셋집에서 멀리 보이는 북한산의 실루엣이나 감상하고 있는 아직도 한량인 것을 엄마만 모른다. 그게 모두 '흠'이라는 것을 모른다.

얼마 전에는 엄마가 전화를 걸어서는 받자마자 안부도 없이, 다짜고짜 내 고등학교 동창을 만났다고 했다. 아직도 반가운 마음 여전한지 들뜬 목소리가 가라앉지 않은 채 엄마는 말했다. 시골집을 드나드는 택배 기사가 내 동창이라는 얘기였다. 원래는 부칠 물건을 들고 택배회사까지 가야 하는데, 이젠 전화만 하면 내 동창이라는 택배 기사가 집으로 찾아오겠다고 한 모양이었다. 수고를 덜게 돼서 엄마는 기분이 좋은 모양이었다.

"근데 너 경식이라고 몰라? 너랑 고등학생 때 친했다고 하더라."

나는 경식이를 모른다.

"몰라."

나는 무덤덤하게 말했다.

"경식이가 너 유명한 작가 된 거 자기도 들었다고, 잘됐다고 어찌나 반가워하는지. 근데 가도 애가 둘이래."

엄마가 또 자연스럽게 결혼문제를 꺼내려 했다.

"누가 유명한 작가야. 끊어, 나 바빠."

나는 전화를 매몰차게 끊어버렸다. 시골에서는 소설가라는 직업 자체가 신기한 것이니 그럴 수 있을 거란 걸 알지만, 난 엄마에게 전혀 친절하지 못하다.

반찬을 냉장고에 넣으며 곰곰 생각해보아도 경식의 얼굴은 떠오르지 않는다. 그도 시골집에 들러 엄마의 택배를 받아들며 나를 떠올리겠지, 생각하니 뭔가 공평하지 않다는 생각이 들었다. 하지만 으레 그 귀찮음으로 반찬들을 대충 냉장고에 넣는다. 난 못된 놈이다, 참.

이번에는 엄마의 반찬들, 버리지 않고 다 먹어야 할 텐데, 다짐해보다가 집에서 밥 잘 안 먹는 동생 핑계 대며 혼자 구시렁거리는 하루. 🍃

춘미와 가곡

기억의 시작은 이렇다. 이삿날, 나는 신이 나서 뛰어다니고 있었다. 우리에게도 우리집이 생긴 순간이다. 그전에는 작은 월세방에서 살았다는데, 전혀 기억이 없다. 내가 네 살, 여동생은 두 살, 막내는 아직 세상에 나오기 전의 일이다. 그러니까, 1977년의 일이다. 나무로 된 마루를 뜯어내고 새로운 마루를 깔고 있는 풍경이 떠오른다. 분주하게 움직이던 부모님의 모습도 생각난다. 아버지와 엄마에 대한 최초의 기억도 그 풍경 안에 있다. 마치 한 장의 스틸사진처럼 남아 있다. 사실 그것 말고는 아주 어렸을 적 기억이 별로 없다. 천성이 뭔가를 잘 기억하지 못하는 것이겠고, 별 관심이 없어서일 수도 있겠고, 참, 그것 말고 또 2년 후 막 태어난 막내를 바라보던 기억이 난다. 그 집에서였다. 그게 참, 신기했던 일이라.

그렇게 넓게만 보였던 최초의 우리집은 세월이 지나면서 쪼그라들기 시작했다. 집이라는 것이 원래 그런 것인가. 집은 살아 있는 생명처럼, 사람처럼, 세월이 지나고 늙으면 늙을수록 작아져 갔다. 넓었던 방은 크면서 비좁고, 작아져서 답답해졌다. 반대로 점점 비대해지는 것이 그 집에는 있었는데, 바로 책들이었다. 아버지의 책장과 책들은 점점 작아지는 아버지의 몸집과 쪼그라드는 엄마의 가슴과 커가는 형제들의 패배감을 먹고 쑥쑥 자라났다.

아버지는 나름 독서광이었다. 서재가 따로 없었으니 아버지의 책들은 안방, 여동생이 쓰는 작은방, 남동생과 둘이 쓰던 방이며 할 것 없이 방들의 벽, 모든 벽을 먹어치우고, 오직 홀로 아랑곳없이 비대해졌고, 거대해졌다. 우리 가족은 모두 아버지의 책에 파묻혀 아무리 커도 책이 커가는 속도를 잡을 수 없었다.

아버지는 전주의 한 고등학교 국어선생이었는데, 지금 돌이켜 보면 선생을 하고 싶어 한 것은 아닌 것 같다. 시골에서 어떻게든 먹고살아야 하니까, 주렁주렁 우리가 그 집의 책들과 함께 아버지의 등에 매달렸으니까, 아버지는 선생을 그만두지 않고, 정년퇴임까지 40여 년 동안 교편을 잡았다. 어쨌든 우리는 잘 살아남았는데, 아버지는 별로 남은 게 없어 보였다. 정년퇴임식은 화려하면 할수록 더욱 쓸쓸한 풍경을 만들어내는 것이 분명했다. 퇴임식을 하는 날, 그간 고생했다고, 학교에서 이름이 '춘미'라는 진돗개 강아지 한 마리를 주었는데, 그것은 참, 난감한 일이 되었다. 엄마는 개털이 집에서 날리는 것을 절대로 용인할 수 없다면서, 받을 수 없다고 했고, 가끔 집에 들르는 우리 삼형제는 그냥 집에서 키웠으면 했다. 아버지는, 그냥 별생각 없는 듯 보였다. 퇴임식을 마치고, 학교 운동장 귀퉁이에서 강아지를 어떻게 할 것인지에 대해 가족회의를 했다.

저물녘, 서쪽 하늘은 붉은빛에서 푸른빛으로 변하고 있었다. 결국에는 그 강아지를 나와 남동생이 차에 싣고 서울로 데리고 왔다. 그날 밤, 시인 장석남 선배의 집에 춘미를 데려다주었다. 이후 황구 '춘미'는 성장하여 성북동 일대를 평정, 동네의 개들은 골목길 외출은커녕, 장석남 시인의 집 근처만 다다라도, 춘미의 '춘' 자만 담 너머 흘려 들려도, 동네 개들은 자기 이름은 알아듣지 못해도 춘미라는 이름을 알아듣고 오줌을 지린다 했다. 그야말로, 아버지의 40여 년 교직생활의 노고가 성북동 일대의 골목을 평정했다고 아니 말할 수 없겠다. 아버지의 그간 고생이 성북동 일대의 전설로 남을 것이다. 개이건, 개를 키우는 사람들이건. 어쨌든 남모르는 동네 골목에서라도 그러한 인생의 노고에 대한 상징으로 살아 있다는 것은 반갑고도 고마운 일이다.

우리는 아버지의 꿈이 무엇인지 잘 알고 있었다. 집안에서 홀로 무럭무럭 크는 책들이 그것을 알려주었다. 왜 책들만 그 집에서 그렇게 비대해지는지에 대해 우리는 아주 어렸을 적부터 알고 있었다. 그래서 그랬는지, 우리는 책들이 아주 싫었다. 책들과 경쟁해서 살아남아야 한다는 것이 말이 되는 일인가. 하지만 우리 삼형제도 엄마도 어떻게든 책들과 경쟁해서 살아남아야만 했다. 엄마는 책들과 정면으로 대치하여 적으로 살아남는 현실적인 방법을 택했고, 우리는 아버지의 책들을 슬슬 눈치보며, 읽으며 적절하게 살아남는 법을 터득해야만 했다. 그 책들은 아버지의 비애를 먹고 크는 것들이어서, 굉장히 불손하고 불온한 인생이었다. 삼형제 모두 키가 자라는 만큼 밑에서부터 아버지의 책들을 먹어치웠다. 실제로 가장 밑 칸에는 우리들이 읽던 삼중당문고의 동화책이 땅을 향해 자라고 있었다. 가장 손에 닿지 않는 곳에 세계 명작이 무럭무럭 자라나고 있음을 의심치 않았다. 고등학생이 되었을 때, 천장 가까이 가장 높은 곳에 꽂혀 있는 책을 모조리 먹어치우기까지 오랜 시간 동안, 나는 아버지의 문학에 대한 열망에서 떨어진 비애를 읽어야만 했다. 동생들도 마찬가지였을 것이다.

아버지는 쓰고 싶었으나 쓰지 못했다. 아버지의 문학적 비애가 조금 위안받은 순간은 내가 신춘문예로 등단했던 바로 그때였을 것이다. 내가 소설 쓸 줄 몰랐으니까, 등단할 줄 몰랐으니 조금 기뻤을까. 아버지는 실제로 내게 기쁨을 직접 표현한 적은 없었다. 마찬가지로 소설을 쓰면서 정말 기뻤던 적은 당선 통보를 받았던 날밖에는 없는 것 같다. 그날, 오후에 통화하던 일이 생각이 난다. 학교로 전화를 걸어 소식을 알렸는데, 금방 다시 전화를 하니 이미 학교에 없었다. 집에 전화를 걸었더니 엄마가 전화를 받았다.

"야, 느네 아버지, 학교 조퇴하고 와서, 방에서 운다."

엄마는 등단이 뭐고, 소설 쓰는 게 뭔지 별 관심이 없는 양반이다. 아버지도 좋아하고, 나도 기뻐서 쿵쿵 뛰니 잘된 일인가 보다 하는 정도였지만, 아버지는 달랐다. 아버지는 술 한 모금도 하지 않는 사람인데, 나의 대학 은사에게 술을 산 모양이었다. 둘은 고등학교 동문이라 일면식 정도는 있던 사이였다.

"야, 얼마나 좋았으면 교회 장로가 술을 사더라니까. 자기는 술도 안 마시면서."

대학 은사님이 제자들 있는 자리에서 우리 아버지 얘기를 했다.

아버지는 그때, 한 번 나를 자랑스러워했을 것이다. 아들이 소설을 쓰며 산다는 게 그리 기뻐할 수만 없는 일이라는 것을 이후에는 자연스럽게 터득하시었으니 말이다. 지금도 나는 부모님에게 걱정거리다. 아들이 나이는 먹어가는데, 문학한다고 남들처럼 살지 못하니 그렇다. 허나, 내가 아직 결혼도 안 하고, 하물며 아버지가 되지 못한 가장 큰 이유는 내 아버지 때문이다. 내 아버지 같은 아버지가 될 자신이 없다.

어렸을 적 잊지 못할 소꿉친구 하나는 있기 마련이건만, 우리 삼형제는 그런 친구 기억이 없다. 어렸을 적 가장 좋은 친구는 아버지였다. 세상에서 아버지가 가장 재미있었다. 우리 형제는 아버지하고 놀았다. 아버지가 엉덩이를 흔들며 춤을 추는 게 가장 웃겼고, 읽어주는 동화책이 가장 흥미진진했다. 나란히 턱을 괴고 엎드려 흑백 TV와 주말 영화를 보던 일이 가장 신나는 일이었다. 이제는 아버지가 우리하고 놀고 싶어 하지만, 참 힘들다. 왜, 이렇게 됐을까. 아버지는 여전히 나와 문학 얘기하는 것을 좋아하고, 남동생과 사진 얘기하는 것을 기쁘게 생각한다. 아버지가 재미없어진 것인가, 나와 남동생의 허세가 는 것인가.

요즘, 아버지는 합창단에 나간다. 매일 한 시간을 통근하며 몇십 년을 살았던 양반이니, 퇴직 후에 얼마나 쓸쓸할까, 짐작, 그러나 나도, 동생도 바쁘다는 핑계뿐이다. 아버지가 뭘 하며 시간을 보내는지 나는 한동안 알지 못했다. 몇 년 전 엄마에게 물었더니 합창하러 다니느라 바쁘다 했다.

서정주의 시 「상가수(上歌手)의 소리」가 실제론 우리 아버지의 얘기다. 옛날, 푸세식 화장실이 마당에 있을 때, 아버지는 볼일 보러 가서, 웬만해선 나오지 않았다. 〈옛날의 금잔디〉나 〈옛동산에 올라〉 같은 가곡에서 헨델이나 바흐, 독일 가곡, 찬송가까지 화장실에서 흘러나왔다. 우리 형제는 화장실 앞에 쭈그려 앉아 아버지의 노래를 들으며, 신청곡을 부탁하곤 했다. 얼기설기 베니어합판으로 만든 화장실 문을 사이에 두고 우리는 아버지의 노래를 들었다. 우리 형제가 클래식광이 된 연유다. 아버지가 화장실에 볼일 보러 간 것인지, 노래를 부르러 간 것인지 궁금하기도 하던 시절이 있었다. 아직도 목소리 상하지 아니하여, 바리톤의 음성을 쫙쫙 뽑아내는 아버지를 보면 아마도 노년을 준비하여 젊은 날 화장실에서 그리 노래 연습을 하시었나보다. 그나저나 민망한 글을 쓰긴 하였는데, 하나 걱정인 것은 아버지가 나와 페친(페이스북 친구)이어서 일거수를 파악하고 있는데, 혹 이 글을 보고 민망함이 서로 늘지 않을지 걱정이다. 🍃

햄버거에 대한 명상*

눈이 많이 내린 겨울 어느 날이었다. 아마도 일곱 살, 혹은 여덟
살 때였던 것 같다. 나는 하릴없이 마당에 쌓인 눈으로 눈사람
을 만들고 있었다. 이른 아침을 먹고서는 뭔가를 직감한 나는
마당에서 집안의 눈치를 살피고 있었다. 지난겨울에 아버지에게
크리스마스 선물로 받은 노란 털장화도 꺼내 신은 뒤였고 가장
아끼는 옷도 고집을 부려 입은 뒤였다. 연탄재를 주워다가 눈을
붙인 다음 굴려서 몸집을 불려나갔다. 눈사람 만들기에 열심인
척했지만, 실은 속마음은 다른 곳에 있었다. 같이 눈놀이를 하
자는 막냇동생을 억지로 떼어놓은 것도 다 속셈이 있었기 때문
이었다.

---

* 장정일의 시집 제목에서 따옴.

지난밤 잠들기 전, 물론 엄마와 아빠가 내가 잠든 줄 알고, 혹 자신들이 하는 말을 못 알아듣겠거니 하고 주고받던 말들을 나는 하나도 빠짐없이 기억할 수 있었다. 결코 놓칠 수 없는 기회가 찾아온 것이었다. 엄마가 내일 서울에 다녀올 거란 말을 나는 또렷하게 들을 수 있었다. 물론 엄마는 혼자 다녀올 계획이었지만, 나는 기차도 표 없이 탈 수 있다는 것을 알고 있는 제법 똑똑한 아이였다. 나는 TV에서만 볼 수 있었던 서울에 갈 수 있다는 생각에 잠을 이루지 못했다. 혹 늦잠이라도 자서 엄마 혼자 서울행 기차에 몸을 실을까봐 조바심내며 간신히 지난밤을 보낸 터였다.

이른 아침 외할머니가 집에 오셨다. 물론 나를 포함한 아이들을 돌봐주기 위해서라는 것쯤은 짐작할 수 있었지만, 나는 그 아이들에 포함되는 것을 일찍이 거부하기로 마음먹었다. 나는 아침을 먹자마자 마당에 나가 눈사람을 만들며 엄마를 기다렸다. 순순히 엄마가 내 손을 붙잡고 서울에 데려가줄 것이란 생각은 들지 않았다. 꼭 서울이 아니라 해도 뭐 한두 번 겪은 일이 아니니 내게도 일종의 방법이 있었다. 무작정 떼쓰기만 하면 될 일이었다. 간혹 엄마가 울며 떼쓰는 나를 쥐어박기도 하지만 감내할 만한 일이었다. 꿈에 그리던 서울이 아니던가. 두어 발짝 떨어져서 떼를 쓰면 창피해서라도 엄마는 못 이기는 척 내 손을 잡아끌었던 적이 여러 번이었으니 어린 나로서는 이미 서울행이 결정이 난 것이나 진배없어 보였다. 기다렸던 시간이 오고 엄마가 현관문을 열고 나왔다. "어머 얘가 여있었네." 나는 엄마가 나오자 달려가 대문을 열고 밖에 섰다. "나도 같이 갈 거야." 뒤따라 나온 외할머니가 나를 잡으러 왔지만 나는 두어 걸음 뒤로 물러섰다. "안 그래도 허전한 터였는데, 큰애는 데리고 갔다 와야 쓰겠네요." 예상했던 것하곤 다르게 너무 순순히 엄마의 서울 여행에 나를 끼워주었다. 그러나 추우니까 옷을 더 입자는 말에도 나는 긴장을 늦출 수 없었다. 끝내 고집을 부려 옷을 밖으로 가지고 나오게 해서 입고는 서울 갈 채비를 마쳤다.

그렇게 오랜 시간 동안 기차를 타본 것도 처음이었다. 혹시 나를 버리지는 않을까 노심초사하며 엄마의 손을 놓지 못했다. 처음 본 서울의 모습은 눈이 휘둥그레질 만큼 거대한 곳이었다. 다른 곳은 기억이 나질 않지만 서울역과 남대문시장은 아직도 기억에 선명하게 각인되어 있는 걸 보면 어린 시절 받은 충격의 양이 대단했던 모양이다.

몇 날 동안이었는지 기억이 나질 않지만, 서울과 근교에 사는 이모네 여러 곳을 다녔던 것 같다. 나는 엄마의 손을 잡고 처음 보는 친척들에게 인사를 하며 그곳에 살고 있던 사촌들에게 부러움을 느꼈다. 이상하게도 그들이 먹는 음식도 내가 먹는 것과는 다르고, 입는 옷도, 사는 곳도 내가 가진 것보다 훨씬 좋아 보였다. 어쨌든 나의 처음 서울 여행은 그런 면에서 성공적이었던 셈이었다. 훌륭한 사람이 되어서 서울에 사는 것을 꿈으로 가지게 되었으니 말이다. 그러나 엄마는 계획했던 일들이 잘되지 않는 듯싶었다. 어린 나이였지만 엄마가 왜 서울에 와야 했는지 알게 되었는데 나는 그냥 모른 척하면 그만이었다. 엄마는 돈을 빌리러 온 것이었는데, 친척 누구도 돈을 마련해주는 사람은 없어 보였다. 급기야 마지막으로 들른 이모네에서는 서로 다투는 소리도 들렸다. 엄마는 눈물을 흘리며 내 손을 우악스럽게 잡아끌더니 밖으로 나섰다. 이제 막 정이 들기 시작한 사촌과 헤어지기 싫어서 나도 울었다. 급히 따라나온 이모가 내 호주머니에 천 원짜리 몇 장을 욱여넣어주었지만, 엄마가 얼른 도로 빼서 돌려주었다.

서울역으로 가는 도중에 기차 시간이 많이 남았던지, 엄마는 내 손을 잡고 남대문 어디로 이끌었다. 이 모든 것을 모두 기억할 수 있게 된 연유는 바로 그것 때문이었다. 무슨 백화점 근처였던 것도 기억에 있는 것을 보면 분명 명동 신세계백화점이나 롯데백화점 근처였을 것이다.

생전 처음 보는 음식을 나는 어떻게 먹어야 하는지 몰라서 가만히 내려다보고 있었다. "한 번에 같이 씹어야 돼." 주인아주머니가 다가와서 햄버거를 사이에 두고 멍하니 내려다보고 있는 엄마와 나를 보며 말했다. 아직 마르지 않은 눈물을 훔치며 엄마가 햄버거를 내게 내밀었다. 그것은 내가 기억하는 최초의 서울맛이었다.

그뒤로 엄마는 가끔 햄버거를 만들어주었다. 엄마가 만들어 주는 햄버거는 서울에서 먹었던 것과는 질적으로 큰 차이가 있었다. 속에 넣은 고기도 한우를 직접 다져 만든 것이었고, 토마토도 넣고 싶은 대로 넣었고, 계란프라이도 두 개씩이나 들어간 햄버거였다. 무엇보다 한입에 넣고 오물거릴 수 없을 만큼 커다랬던 엄마의 햄버거! 한입에 씹을 수 없을 정도로 큰 햄버거였다. 서울 햄버거 저리 가라였다. 잘살던 친척들 저리 가라 버거! 엄마 햄버거에서는 서울맛이 나지 않았지만, 힘들었던 어느 한 겨울의 맛이 났다. 지금도 버거킹이나 맥도날드를 씹을 때면 어김없이 생각나는 엄마의 씁쓸했던 그 맛! 🐾

새해 단상

겨울이 온 후부터 바닷가를 서성이고 있다. 부안과 군산, 통영을 거쳐 부산, 그리고 포항, 지금은 울릉도에서 겨울 바다를 바라보고 있다. 겨울의 바닷가는 을씨년스럽다. 한때를 지난, 철 지난 바닷가를 지키고 있는 사람들이란 그저 그곳을 떠날 수 없는 사람들뿐이다. 겨울의 바닷가는 뜨거운 여름의 그것과는 모든 게 다르다. 그런 소슬한 풍경이 매력적이어서 나는 한참을 어슬렁거리는 중이지만 겨울 바다는 그냥저냥 쓸쓸하다. 그것이 전부이다. 겨울의 바닷가에서는 인적을 찾기가 쉽지 않다. 그 많던 사람은 어디로 숨었나, 나는 해변을 어슬렁거린다.

모두가 그렇겠지만 겨울은 순식간에 사람들 마음속에 가라앉고는 한다. 너도나도 당황하기는 마찬가지. 불현듯 자기 나이가 떠오르거나 부쩍 자라버린 아이들 뒤통수를 어루만지거나, 그

러다 아, 부모님이 이제 벌써 이런 나이가 됐구나, 하는 생각의
끝은 뭔가 다급해지고 어쩔 줄 몰라 발만 동동 구르는 꼴이 되
고 만다. 1년을 마무리하고 새로운 해를 준비한다는 것은 단지
시간이 흘렀다는 얘기만으로는 부족한 1년의 일상이다. 바쁘다,
바쁘다 하면서 정말 그렇게 바쁜 것인가 곰곰 생각에 빠지는 저
녁이면 도대체 뭘 하고 사는 것인지 한심해질 때가 많다. 겨울은
꼭 그런 생각을 강요하는 계절이다.

몇 해 전 설 명절 무렵이었다. 아버지는 내게 말했다.

"이렇게 보면 이제, 정말 나 죽기 전에 한 열 번쯤 얼굴을 보겠
구나."

명절이라는 게 시집, 장가를 미루어놓은 미혼들에게는 정말
재미없는 연휴 중 하나임은 분명하다. 단지 부모님이나 친척들의
밀린 잔소리가 귀찮아서가 아니다. 명절의 절차라든지, 오랜만
의 어색한 만남이라든지, 또 때를 맞아 밀려드는 맞선 같은 것이
힘들어서가 아닐 것이다.

명절이라는 것이 갖고 있는 그 의미 자체가 미혼에게는 벅찬
무엇이다. 가족이라는 것을 곰곰 생각하게 만드는 그것 말이다.
결국 그보단 훨씬 근사한 무엇을 꿈꾼다는 것이 고작 여행을 기
획하는 것이다. 그렇다. 말을 쉽게 하자면 나는 명절에 혼자서
어디 근사한 곳으로 여행을 가고 싶다. 그 부산스러움이 이제 견
디기 힘든 나이가 되어가는 이유다. 허나, 사람이 그렇게 살면

안 되지 마음을 다잡아보지만 몸은 자꾸 더 멀리멀리 도망가기 바쁘다. 언젠가부터 내 몸은 그것을 실행하기에 이르렀다. 1년 중 두 번의 명절, 설과 추석 중 한 번은 외국으로 토끼기 시작한 것이다. 그것은 은밀하고 교묘해야지만 됐다. 명절을 지내기 싫어 어딘가를 간다는 것을 들키면 안 되는 일이다. 나는 항상 설이 있는 겨울 한복판에 무슨 일이 있어 외국에 나가 있는 일이 잦아졌다. 언젠가는 한겨울에 파리에 가 있을 때도 있었고, 또 언젠가는 동남아의 어느 곳을 헤매고 있을 때도 있었다. 추석은 학기중이니 가족과 함께 명절을 보내고 방학이 있는 설은 건너뛰기 일쑤였다. 한번은 네팔의 히말라야를 갔다 온 적도 있다. 어머니가 물으셨다.

"꼭 이렇게 추운 겨울에 산을 가야 하는 거니?"

"그곳은 원래 겨울에만 오를 수 있어요. 우기 때는 갈 수가 없는 곳이에요."

"그럼, 안 가면 되잖아. 꼭 그렇게 기를 쓰고 지금 여행을 가야 하는 이유를 모르겠다. 나는."

나는 묵묵히 짐을 꾸려 이번에는 아예 남동생까지 꼬드겨 안 나푸르나를 다녀왔다. 부모님의 설은 마냥 쓸쓸한 것이 되고 말았을 것이다. 그리고 거의 10여 년 동안 동생과 해 갈이로 설을 쇠던 내게 아버지가 전화를 했다. 물론 그해 설에도 나는 어딘가로 토낄 준비를 하고 있었다.

"이렇게 보면 이제, 정말 나 죽기 전에 한 열 번쯤 얼굴을 보겠구나. 1년에 한 번씩 얼굴을 보니 말이야. 바쁜 줄 알지만, 시간이 항상 멈춰 기다려주는 것도 아니잖니. 명절을 지켜 얼굴을 본다고 해도 겨우 스무 번 남짓이잖어. 칠십이 넘은 내가 아들들 얼굴을 매일 보고 살 수도 없을 테고. 엄마도 나도 많이 서운해."

세상에서 가장 현명한 사람이란 말하지 않고, 듣지 않아도 세상의 진리를 깨우친 자라는 것을 머리로는 알고 있었지만, 아버지의 말은 무척 나를 당황하게 만들었다. 나만 혼자 나이를 먹은 게 아니라는 것을 그때서야 깨달았으니 마흔이 넘어서도 내 어둔함을 벗어나지 못한 것을 알았다.

가끔 작가라는 이름으로 자유를 꿈꾸기도 한다. 한 작가는 입버릇처럼 말하곤 했다. 작가는 금기라는 국경이 없는 사람들이라고. 허나 금기와 도덕에 있어 상상력은 자유로울 수 있지만 인간 된 도리와 형식은 지켜야 한다는 것도 막연히 깨달은 게 30대 중반의 일이다. 나는 여전히 이 땅의 한 부모의 아들이라는 사실에서 하나도 바뀐 것이 없다는 것은 인간으로서 자유의지나 문학을 하는 작가의 상상력과는 별개의 일이라는 것도 겨우 깨달을 무렵이었다.

뒤로 나는 명절을 건너뛰는 법이 없다. 어떻게 해서든 고향에 내려가고야 말았다. 가서 어머니가 차려주는 명절음식을 배가 터질 때까지 먹고 돌아오곤 했다. 그리고 이제 마흔이 넘었다. 장가 안 간 아들이 나이를 먹는다는 것은 부모들에겐 하나의 걱정 거리를 넘어서 고통에 가까운 일이다. 언젠가부터 어머니는 나를 보면 보자마자 울기 시작한다. 어머니의 바람은 오직 하나뿐이다. 내가 정상적으로 다른 사람들 사는 것처럼 사는 것이다. 그게 이렇게 힘들 줄이야, 글을 쓰지 않을 때는 몰랐다. 작가가 되기 전에는 몰랐다. 세상에 가장 어려운 일은 평범하고 정상적이며 일반적인 생활을 하는 것이다. 남들 자고 일할 때 나고 일하는 것이 어렵다. 문학을 하고 나서야 가족도 나도 알게 되었다.

"이제 그만, 제발 좀 자렴."

밤새 일하는 내 방에 들어와 어머니는 불을 끄며 말하곤 했다. 앞으로 나가지 않는 원고를 보며 머리를 싸매고 앉은 내게 그런 어머니는 또 하나의 벽이 되고는 했다. 나는 묻곤 했다. 도대체 왜 그런 거냐고, 그냥 좀 내버려두라고. 하지만 어머니의 대답은 한결같았다.

"일찍 자야, 내일 일어나서 같이 아침 먹지."

어머니가 한 말은 가장 큰 진리와 일상이 포함되어 있는 말이다. 둘러앉아 아침을 같이 하는 것만큼 가족이 줄 수 있는 위안이 있을까. 찬찬히 나이를 먹다보니 이제 나도 조금은 알 것 같은 기분이 든다. 소설이라는 것이 미지의 얼굴 모르는 남을 위한 것이라는 것에 골똘하는 지금, 어머니가 내게 하는 말은 문학의 본령이다.

문학은 그렇게 큰일이 아니다. 그렇게 대단한 일도 아니다. 일상과 정상의 범주 안에 깃든 보편성은 문학에 있어 가장 큰 덕목이라는 말씀. 예전부터 흘러오는 진리, 어머니 말씀 틀린 말 하나도 없다.

그럼에도 이제 마흔하고 한 살이나 더 먹은 설을 목전에 둔 지금, 나는 또 쉽사리 육지로 돌아갈 수도 없는 울릉도에 와 있다. 이곳의 풍경은 그야말로 절경이다. 울릉도에서도 외진 천부라는 곳인데, 나는 매일 바다만 보고 앉아 있다. 한 해 지친 마음과 몸을 추스르는 것이 가장 큰 목적이었지만, 나는 또 한적한 곳에서 시간의 멈춤을 경험하고 있자니 뭔가를 쓰지 않고서는 버티지 못할 것만 같다. 전화도 인터넷도 되지 않는 곳이 참으로 마음 편하다, 하염없이 내리는 눈발을 바라보며 속삭이곤 했다.

"아버지, 이왕 어렵게 들어온 곳이니, 단편소설 하나 쓰고 가려고요."

"굳이 이번 설에 내려오려고 하지 말거라. 소설 써야 하면 마무리하고 날 따뜻해지면 우리가 올라가지 뭐."

아버지가 전화를 해서는 명절이 뭐 대수냐는 듯 쿨하게 나를 다독였다. 작가로 산다는 것에 어떤 일말의 고통이 따른다고 한다면 작가 혼자 견뎌내는 것은 아니다. 작가한 지, 14년 째, 내 부모들도 작가의 삶을 살고 있다. 명절도 없이, 손자도 없이 정상적이고 일상적인 것에서 벗어난 가족을 이해하는 것이다.

괜찮다고는 했지만 그러면서도 설날 아침, 단둘이 음식을 차려놓고 한 해의 아들들 성운을 하나님께 예배드리는 부모의 모습 벌써 짠하기만 하다. 허나, 바다를 바라보며 바라는 것 오직, 하나는 명절이고 부모님이고 금세 다 잊어버리고 여기서 쓰는 소설이 누군가에겐 일상적인 위안이 되는 소설이 됐으면 하는, 작업이 잘됐으면 하는 바람뿐이다. 아들들이란 부모에게 한없이 이기적인 어쩔 수 없는 종자들이란 새해 단상. 🐾

2부

내 연봉은
포도나무 한 그루

막 지나가는 봄,
그곳에서

요즘은 계절을 느끼기 힘든 세상이다. 여러 가지 이유야 많이 있겠지만 제철을 찾지 못하는 것이 상실감으로까지 느껴지니 그리 유쾌하지는 않은 상황인 것 같다. 요즘은 노는 것이 전부인 어린 아이부터 말년의 여유로움을 느껴야 할 어르신들까지 모두 바쁜 세상이다. 이렇게 바쁜 세상에 웬 계절 타령인가 싶으면 할말이 없으나, 계절이 바뀔 때마다 이런저런 말을 놓아야 하는 직업을 가졌으니, 나는 타령을 열심히 불러야겠다.

단지 바빠서는 아닐 것이다. 사람들은 정신없이 계절을 앞서 나가려고만 한다. 그냥 보기에는 제철을 참지 못하는 사람들이 대부분인 것 같다. 이렇게 느끼는 것이 나만의 오해뿐일까 싶다. 봄이 되면 서둘러 여름 준비를 하고, 여름이 되면서 이미 낙엽을 기다리곤 한다. 가을이 되면 추운 겨울을 미리 맞이한다. 이젠

2부 내 연봉은 포도나무 한 그루

그렇게 추울 일이 사라진 상황에서도 너나없이 월동준비를 하곤 한다. 도대체 무엇 때문일까. 무엇이 제철을 못 견디게 하는 걸까. 혹 오히려 너무 계절에 무관심해진 것은 아닐까.

지금 밖에는 가랑비가 내리고 있다. 실로 오랜만이다. 가랑비, 보슬비, 이런 말도 아주 오랜만에 말해보는 것 같다. 비가 그냥 다 비지, 다른 비가 있나, 하지만 우리는 비도 여러 비로 나누어가지며 계절을 느끼곤 했었지 않던가. 우리가 잃어버린 것은 비단 계절뿐만 아닌 것 같다. 입에 담으면 도르르 굴러가는 아름다운 우리말들도 계절과 함께 사라져가는 것 같다. 바야흐로 상실의 시대인 것이 맞긴 맞는 것 같다. 계절 이야기를 하다 말았으니 좀더 해야겠다. 결론부터 얘기하면 계절을 제때 느끼고 즐기는 자가 결국은 부지런한 사람이란 말씀이다. 가장 일상을 잘 사는 사람이라고 말할 수 있을 것이다.

작년 봄에 나는 원주에 있었다. 늦여름에서 가을까지 있었고. 봄에는 막 꽃이 흐드러진 무렵에 있었다. 사람이 갑자기 여유로워지니 쓸쓸해졌다. 실은 그간 누구보다도 정신없이 바빴던 나였다. 시간강사로 일주일에 여러 학교를 돌아다니고, 매일 마감에 쫓겨 안절부절못하니 마음이 바빴다. 부모님이 계시는 시골에는 1년에 명절날 두 번밖에 다녀오질 못했으니 여유로움은 고사하고 인간이 지녀야 할 기본적인 것도 잊을 만큼 바빴다. 그런데 따지고 보면 일만 한 것도 아니다. 마음만 바빴다. 소설도 쓰고, 술도 마시고, 강의도 나가고, 뭐 그러저러한 소소한 일들로 정신을 못 차릴 만큼 시간이 없는 것도 아니었으니까 말이다.

원주에는 돌아가신 박경리 선생님께서 마련해놓으신 '토지문화관'이란 곳이 있다. 작가들이 무상으로 몇 달씩 지낼 수 있는 곳이다. 전에도 여러 번 그곳에서 지낼 기회가 있었다. 여러 번 있었지만, 작년 봄, 나는 정말 오랜만에 봄을 보았다. 5월이니 봄인 건 누구나 아는 사실이지만, 그간 살면서 봄을 봄인 줄 모르고 살았더랬다. 나만 그럴까, 모든 사람들이 마찬가지일 것이다. 봄인데 봄인 줄도 모르고, 산에 있으면서 산을 보지 못하고, 강을 두고 강인지 모른다. 그렇게 살다보면 정말 세상엔 보지 못하는 것만 존재하게 될지도 모른다. 결국 바쁘게 쫓아다니는 그 일들을 실상 알고 보면 정말 잊어도 상관없는 일들이 대부분이다. 지난주 월요일에 무슨 일이 있었던 것인지 기억 못 하는 것과 같다. 우리는 일상을 살고 일상을 잊는다.

그러니까 내가 작년 '토지문화관'에서 보았던 봄은 이렇다. 꽃이 지고 있었다. 여기저기 꽃이 폈던 흔적만 남아 있었다. 무슨 전쟁이라도 치른 것처럼, 할일을 다 하고 조용히 마지막 순간을 기다리는 무엇처럼, 그것들은 조용히 석양을 받고 서 있었다. 처음이었다. 그런데 갑자기 그때 눈물이 막 쏟아지기 시작했다. 별 이유도 없이 슬펐다. 나는 철 지난 파카를 입고 있었다. 바쁘게, 바쁘게만 살아온 것이 서러워서가 아니었다. 이상하게도 정말 그것들에게 미안한 마음이 들었다. 며칠이 지나고 마지막인 듯 보이는 힘없는 봄비에 너나 할 것 없이 떨어져나가는 꽃잎을 보니, 그렇게 미안할 수가 없었다. 자연의 부지런함에 나는 무엇인가 반문하게 되었다.

사람은 자연 앞에 군림하고자 애쓴다. 자연을 지배하고자 노력한다. 여름엔 시원하게, 겨울엔 여름처럼 지내기 위해 좋은 집에 살길 원하고, 편한 곳에서 일하길 원한다. 자연에 거슬러 살기 위해 애써왔다. 산업화와 개발을 앞세워 별의별 짓들을 벌여왔다. 우리가 그리하여 얻은 것은 제철을 잊은 것이다. 결국 꽃잎이 힘없는 봄비에 땅에 떨어질 권리를 빼앗은 것이다.

나는 돌아가신 박경리 선생님을 굉장히 존경한다. 그분은 작가로서, 사람으로서 본받을 점이 정말 많은 분이었다. 선생이 내게 준 것은 단순하다. 꽃잎에게 제 스스로 떨어질 권리를 주고자 애썼다. 그걸 보여주고 싶어 했을 것이다. 후배 작가들에게 제철을 느끼게 해주고 싶어 했었다. 그게 뭐라 설명하기 힘든 부분도 있기는 한데, 제철 음식은 '토지문화관'에서만 먹었던 기억밖에 없으니 그렇다. 선생도 그 마음으로 자연의 한 부분으로 남고자 했을 것이다.

박경리 선생은 재작년 여름 병원에서 폐암 말기 판정을 받았다고 했다. 그때도 나는 '토지문화관'에 있었지만, 내가 전혀 그런 눈치를 챌 리 없었다. 정말 더운 여름날에도 선생은 이른 아침에 굄목으로 길을 만들기에 분주했다. 새벽부터 나와서 땅바닥에 박혀 있는 돌을 캐곤 했다. 가을에는 기와를 쌓아 꽤나 큰 연못 주변을 예쁜 담으로 꾸미기도 했다. 지나고 나니 그게 너무 아름답다. 몸이 많이 아프고, 삶의 시한을 받았음에도 일생 살아왔고, 지키고자 애썼던 순리와 일상을 놓지 않았던 것. 생을 초월한 초인적인 힘마저 느껴져서 숙연해진다. 사람이 자연의 일부였음을 목도한 셈이다.

밀짚모자를 푹 눌러쓰고 목장갑을 끼고 더운 여름에 기와를 한장 한장 쌓으며, 선생은 인간의 죽음도 자연의 순리처럼, 다가오는 계절과 지나가는 계절처럼 생을 마감했을 것이라 짐작해본다. 우리가 언제나 지나간 다음에 허겁지겁 찾게 되는 계절같이, 문득 힘없이 떨어진 꽃잎을 발견하며 허둥대는 것과는 달리 말이다. 🍃

내 연봉은
포도나무 한 그루

가을이 이렇게 가버리다니 정말이지 믿을 수가 없다. 개나리가 마음을 들볶은 지 꼭 1주일 전만 같은데, 목련은 피었는지 모르게 빗방울에 후두둑 떨어진 지 3일밖에 지나지 않은 것 같은데, 벌써 낙엽 다 지고 앙상한 나뭇가지에 쓸쓸하게 매달려 있는 감 때문에 나는 어찌할 바 몰라 방안에서 발만 동동 구르고 있었다. 그래서 선배 시인 한 명을 꼬여내 북한산에 올랐다. 늦은 단풍이나 볼까 하고 말이다.

비온 뒤라 날씨도 좋고, 공기도 맑아서 아침부터 마음을 가만히 둘 길 없었다. 산에 오르니 막상 기대했던 것과는 달리 낙엽도 거의 진 후여서 풍경은 시시하기만 했다. 대신 멋진 집들을 구경했다. 빨간 벽돌로 성을 쌓은 집, 10미터도 넘어 보이는 담으로 둘러싸인 예쁜 집들을 말이다. 사실 예쁜지 아닌지는 잘 모르겠다. 집이 보여야 집 구경을 할 것 아닌가. 실은 멋지고 높은 담을 구경했다고 말할 수 있겠다.

서둘러 산을 내려와선 두부와 막걸리를 먹었다. 고추전도 먹고, 도토리묵도 먹었다. 산에 갔다 왔는데도, 맛있는 음식을 먹었는데도 집에 돌아오는 길은 하나도 기쁘지 않았다. 곰곰이 생각해보니 산이 내 것 같지 않아서였다. 어떻게 산을 몇몇만 가질 수 있다는 말인가, 취기에 불만이 쏟아져나왔다. 취해서 속으로 연신 중얼거렸다. '여기다 집을 사야겠는데, 그래야 저 산을 가질 수 있을 텐데.'

집으로 돌아와보니 책상 위에 쓰다만 소설들이 저를 애처롭게 쳐다보고 있었다. 술 취한 눈으로 나는 소설들에게 말했다.

"소설아 잘 써져라. 네가 잘 써져야, 거기에 집을 짓지. 소설아, 소설아 내 집 좀 지어줘라."

분명 거기까진 기억이 나는데, 깨어보니 다음날, 한낮이었다. 집을 짓고 북한산을 갖기엔 제 노력은 역부족이었던 것이다.

누구나 연말이 되면 새해에 바라는 것, 하지 말아야 할 것들을 서둘러 정하곤 하는데, 몇 년 전 망년회가 생각났다. 크리스마스이브에 친구들과의 망년회 자리였다. 돌아가며 케이크에 소원을 빌고 촛불을 끄는 것이었는데, 생각보다 아이들이 진지해서 나도 그들에 버금가는 무엇인가를 소원으로 정해야만 했다. 하지만 고민할 것도 없이 새해에 바라는 소원, 생각하자마자 금방 떠올랐다. 차례가 되자 나는 진지하게 말했다. 새해에는 연봉이 천만 원이 넘었으면 좋겠다고 말했다. 전혀 웃기지 않는 얘기였음에도 사람들이 웃었다. 그래서 나도 어쩔 수 없이 따라 웃었다. 말하고 나니 조금 웃기는 것도 같았다.

며칠 후 다른 신년 모임에 갔는데 술이 두 잔, 세 잔 돌자 누군가 또 물었다. 새해에 바라는 소원이 뭐냐고. 나는 똑같이 연봉이 천만 원만 되었으면 좋겠다고 말했다. 소원으로 정했으니 진심이었다. 그 시절 진짜 소원이었다. 그런데 한 명도 빠짐없이 모든 사람들이 다 웃었다. 옆에 앉아 있던 소설가 이기호가 말했다. '가흠아, 연봉 천만 원이면 한 달에 90만 원을 벌어야 하는데, 그거 힘들다.' 이기호가 정말 힘든 표정을 지으며 말했다. 그래서 내가 '그니까 소원이지, 형' 하고 말했다. 실은 내 소원의 연봉을 이미 이룩했던 기호 형이 참으로 부러웠다.

천정부지로 치솟는 집값 때문에 온 나라가 떠들썩하다. 정치권, 매스컴 할 거 없이 무슨 호재라도 만난 것마냥 떠드는 것이 정말 큰일이 난 것은 분명해 보인다. 하지만 집값이 오르지 않았던 적이 없었으니 어제오늘 일도 아닌데 나는 웬 호들갑들인가 싶었다. 평균임금을 받는 사람이 서울에 아파트를 장만하려면 44년이 걸린다는 얘기를 들었던 게 기억났다. 그때도 나는 그러건 말건, 남 일이니 했었다.

수년이 흐르고 이제 평균임금을 벌게 되니 나도 이젠 집을 갖고 싶다. 몇 년 전만 해도 연봉 천만 원을 간절히 원했던 내가 말이다. 집이 있으면 뭔가 잘될 수 있을 것 같은 생각도 들었다. 그런 생각이 드니 느닷없이 가로수들이 부러워지기 시작했다.

"너희들은 무슨 복이 있어 이렇게 비싼 도로가에 한 평씩 집을 지었냐?"

나는 술에 취해 집으로 돌아가는 길에 가로수에게 원망스럽게 말하곤 했다. 가로수들이 부러워지기 시작하니까 짜증도 나고, 신경질도 났다. 그래서 어느 날은 집 앞에 늘어선 가로수들마다 한 대씩 발길질을 한 적도 있었다.

시골에서 자란 나는 마당이 당연히 있어야 집인 줄 알았다. 근데 서울에서는 마당을 갖는 것이 얼마나 큰 호사인가 깨닫게 되었다. 사람 마음 참 간사하다. 내가 세 들어 사는 집 마당에는 내가 살던 집보다 넓은 마당과 정원이 있다. 그곳에는 감나무, 자두나무가 서 있고, 봄이 되면 꽃이 만발하는 꽃밭도 꽤 널찍하니 있다. 그런데 그것들을 바라보고 있자니, 언젠가부터 내가 감나무, 자두나무만도 못하다는 생각이 들기 시작했다. 그런 생각은 바꿔 말하면 내가 욕심이 얼마나 물질적으로 비대해졌나, 말할 수도 있겠으나 낙담은커녕 여전히 그것들이 그럼에도 부럽다.

나는 땅을 딛고 서 있는 모든 것과 경쟁하고 있었다. 그 경쟁심이 집값을 올리는 것이 아닌지 모를 일이다. 생각이 거기에 이르니 내가 집값 상승의 주범이었다는 것을 알게 되었다. 솔직히 말하면 감나무보다 잘 살아보려고 정말이지 애썼다.

예전에 시인 박형준 형과 치악산에 오른 적이 있었다. 내가 등단한 지 얼마 안 됐을 무렵이었다. 작가가 되고 1년을 살았는데, 도저히 살 수가 없었다. 이렇게 살다가는 분명 굶어죽을 날이 머지않다고 믿었다. 그래서 등단한 지 10년쯤 지난 박형준 형에게 치악산을 오르며 물었다. 정말 궁금했다. 선배들은 어떻게 먹고 사는지 말이다.

"형은 연봉은 얼마나 돼요?"

박형준 시인이 껄껄 웃더니 말했다.

"연봉? 내 연봉은 포도나무 한 그루쯤 될까 몰라."

문학하는 사람에게 연봉은 마음속에 포도나무 한 그루 정도 있으면 된다는 말이었을까. 물만 먹고도 시인은 살 수 있단 말일까, 좀체 이해가 어려웠다.

그럼에도 나는 아직도 여전히 가로수가 부러우니, 내가 시인이 되지 못한 이유가 분명 있기는 있는 것. 🍂

소설이 내게

실제로는 한 번도 본 적 없지만, 내 머릿속에는 지금도 조 대리의 모습이 선명하다. 그도 나를 본 적 없을 테지만, 그 안에 내 모습 있을 것이라, 그리 낯설지 않겠거니, 짐작해본다. 이렇게 불쑥 소설 속 인물을 떠올려보니 내 마음은 민망함으로 그지없다. 하지만 그를 잊은 적 한 번도 없으니, 그간의 무심함을 그도 용서하길 바라고, 이해 많은 사람이니 잘 이해해줄 것으로 믿는다.

　나는 그간, 그저 그런 시간을 보냈다. 여전히 바쁘고, 정신없고, 불안정한 나날이 몇 년간 계속되었다. 여러 일을 하느라, 일상이라는 것이 사라진 시간이었다. 무엇을 쫓아가는지조차 스스로 인식하지 못하는 시간이었다. 무슨 목적이 있는 것도 아니고, 무엇을 욕망한 것도 아니었다. 그저, 나는 흘러가는 것들에 거의 모든 시간을 던진 셈이었는데, 지금도, 그다지 달라진 것은 없다. 이유 없고 정체 없는 불안함으로 채워진 순간들이었다. 돌아보면 지난 시간이라는 것이 그간 쓴 몇몇 소설로밖에는 남지 않으니, 내 개인사는 그저 불연속적인 연대기에 지나지 않는 것 같기만 하다. 강의를 했던 시간도, 여러 번의 여행도 모두 흘러가는 것들이라 생각하는데, 뭔가 손해를 보는 느낌마저 든다. 나는 사라지고, 간혹 소설이나 조 대리 같은 인물로나 남았으니, 일상, 생활의 시간과 맞바꾼 가치를 놓고 보자면 쓸쓸함만 는다. 개인사로만 보면 작가라는 직업은 어쩔 수 없을 것 같다. 요즘은 숙명으로 생각하고 잘 받아들이려 하고 있는 중이다.

마흔을 기다리고 있는데, 쉽지만은 않은 것 같다. 조 대리와 처음 대면했었던 30대 중반과는 내 모습도, 마음도 많은 것이 달라졌음을 고백한다. 인간의 불행을 목격하고 직시하던 자신감은 점점 사라져가고 있다. 냉정하고 냉소적이었던 시선도 서서히 거두어들이고 있다. 의도적인 것이 아니라 자연스러워지고 있는 것이라 치부하고 있지만, 그러면 그럴수록 불안함이 늘어나는 것은 어쩔 수 없는 일이다. 이러다가 소설을 쓰지 못할지도 모른다는 생각이 언제나 머릿속 한구석에 자리잡고 나를 지켜보고 있다. 나는, 실재하지 않는 사람들의 눈치를 보고 뭔가를 쓸지 말지 고민만 한다.

언젠가 한 독자가 인물을 이렇게 불행과 고통에 던져놓고 책임을 지지 않으면 어떻게 하냐고 따진 적이 있었는데, 요즘엔 자

2부 내 연봉은 포도나무 한 그루

꾸 그 질문을 되새기곤 한다. 물론 때마다 조 대리를 떠올리곤 했다. 조 대리를 비롯해서 창조된 인물의 인생에 대해 골똘해지 곤 하는데, 주인공이 처한 불행과 고통과 숙명을 정말로 내가 모 른 척하고 나만 잘 살고 있는 것은 아닌지 심각해지곤 한다.

굳이 묻고 대답하자면 나만, 잘 살고 있는 것은 아닌 것 같다. 나는 때때로 소설 속 인물로 인해 고통스럽다. 그들의 생을 바라 보는 것이 버겁고, 무거운 책임을 느끼고 있다. 그들로 인해, 내 개인사는 불연속적인 시간을 쓰고 있다. 나는 소설 속 인물을 만들어냈지만, 창조주는 아니다. 인간의 행복과 불행을 주관하 고 관장하는 사람이 아니라 나는 그저, 인물을 바라보는 사람 에 불과하다. 인물의 생과 고통과 숙명을 바라보는 관찰자에 불 과하다. 그럼에도 여전히 마음이 편치 못한 것은 혹, 소설 속 인 물이 날 원망할지도 모른다는 생각이 들기 때문이다. 불행과 고 통, 위선과 허위의 중심에 서게 한 나를 원망할지도 모른다는 생 각이 들기 때문이다. 허나, 그들의 삶이 소설을 읽는 사람에게 어떠한 형태로든 위안을 준다는 것, 나는 믿는다. 소설의 인물과 내가 운명으로 묶일 수밖에 없는 가장 확실한 이유이자, 우리가 공존해야만 하는 이유를 나는 믿는다. 우리의 숙명인 것을 어쩌 겠는가.

언젠가는 해야만 했던 고백을 이렇게 갑작스럽게 하게 되어 얼떨떨하다. 다만, 그들이 여전히 보고 싶고, 때때로 술도 한잔

하고 싶다. 정말 하고 싶었던 얘기는 바로 그것이다. 하지만 언제나 조 대리를 비롯하여, 여러 인물들이 여전히 나를 등지고 앉아 있는, 뒷모습만 떠오른다. 내가 소설을 쓰는 이유는 그들이 삶의 고통에서 벗어나기를 바라기 때문이다. 나는 진심으로, 조 대리를 비롯한 소설 속 그들이 잘 살길 바란다. 인물들의 생의 굴곡이 가라앉고 편안해지면, 마주앉아 술 한잔하고 싶다. 보고 싶다, 마주앉을 그들을 기다린다. ❧

걸으면 깨닫게 되는 것

1번 국도를 따라 14킬로미터를 걸어야만 했던 일이 있었다. 릴레이로 국토순례를 하는 어떤 의지의 표현이었는데, 산길도 아니고, 호젓한 트레킹코스도 아닌 인도가 없는 자동차도로를 따라 걸어야만 했다. 인도가 나오면 올라서길 반복하며 아무 준비 없이 임했는데, 추운 날 낭패였다. 고백건대 제대 후에 처음 있는 일이었다. 물론 제대 후 젊었던 한때엔 봇짐 짊어지고 지리산 종주에 나선 적도 있고, 네팔 안나푸르나 트레킹도 다녀온 적 있으나, 하루에 조금씩 나누어 걷는 것이니 그리 힘들다는 생각은 들지 않았었는데, 국도를 걷다보니 많은 생각이 들었다.

무슨 목적을 가지고 길가를 빠른 속도로 걷는 것이 꼭 군대에서의 행군 같았다. 힘들었고, 걸은 거리가 믿기지 않을 만큼 고된 일이었다. 하지만 몸은 힘들었지만, 오랜만에 굉장히 좋은 경험이었다. 앞서 걷는 사람의 걸음, 등과 발을 보고 따라가는 게 즐거웠다. 무엇보다 머릿속을 어지럽게 만들던 고민, 생각이 정리되었다. 많은 것들을 놓아야 하고, 포기해야 하는 것들이 그 한 날의 걸음으로 정리되었다. 잊고 있었던 경험이었다.

　나는 아주 오래전에 철원 3사단에서 군복무를 했는데, 그곳에서의 기억은 쉽게 잊히지 않는 특별한 것들이다. 후에 다시 그런 경험을 해본 적이 없기 때문일 것이다. 추위와 눈, 행군과 훈련 같은 것들 말이다. 나는 9번 소총수로 입대해서 1분대장으로 제대했다. 그런 보직을 가진 군인을 '알보병' 혹은 '땅개'라고 부르곤 했다. 자주 민통선 안에서 훈련이 이루어졌는데 그 길과 숨겨져 있는 수려한 풍경을 함께 즐겼던 동료들이 그립다. 그것들은 너무 선명해서 수십 년이 지나 가끔 꿈에도 출현하니, 언뜻 드는 생각이 그때의 그리움이 깊은가 싶다.

　처음 입대했을 때의 막막함 뒤로, 다녀온 사람은 알겠지만, 그것 참 별거 아니라는 것, 뭔가를 이젠 놓아야 한다는 것, 시간을 포기해야 한다는 것을 깨닫는 데에는 많은 시간이 걸리지 않았다. 그래서 곧 그 놓아버린 시간을 대신할 것을 찾게 만든다. 군대라는 것이 소비와 낭비의 시간 개념만 있다고 한다면 아무리 징집이라고 하더라도 그 많은 한국 남자들이 군에 이리 적응을 잘하진 못했을 것이다. 단언컨대 남자들은 군에서 미래를 준비하고 시작한다. 또 남자들의 못된 것을 그곳에서 배우기 시작한다. 어쨌든 행군을 하며 두 가지 생각밖에는 들지 않았다. 하나는 지나온 과거의 여러 날들이었다. 그 시절만 해도 앞으로의 시간이 이렇게 실없이 빠르게 흘러가버릴지 모르던 시절이었으니까, 시간은 입대와 함께 멈춘 것만 같아서, 지난 일들을 되씹고, 곱씹으며, 반성하고, 계획한다. 군대에서의 더딘 시간이 이것을 가능하게 해준다. 그러면서 또 하나는 제대 후에 할일들이 떠오르기도 하는데, 처음엔 막막하다가, 제대가 가까워질수록 그것은 굉장히 구체적인 일이 되어갔다.

입대 전 문예창작학과에 다녔는데, 행군하며 걸으면 걸을수록 드는 생각이 나는 영, 전공과는 어울리지 않다는 것이었다. 글을 쓸 자신도 없고, 그러고 싶지도 않다는 것을 깨달았다. 다시 수능 공부를 해서 대학에 진학해야겠다고 마음먹었다. 지난 세월을 허비한 것만 같은 느낌이 드는 것은 어쩔 수 없는 일이었다. 누더기 학점은 제쳐두고라도, 너무 늦은 나이에 입대한 것도 마음에 걸렸다.

수능 공부를 시작했다. 마침 입시를 준비하는 선임들을 과외한다는 핑계로 하루 두세 시간을 거르지 않고 했다. 결론부터 말하면 반년쯤 하다가 수능 공부를 때려치웠다. 하다보니, 걸으면서 곰곰 해보니 이상하게도 내가 선택한 전공이 옳았음을 확인할 수 있었기 때문이었다. 그런데 글을 잘 쓰기 위해서 무엇을 해야 하는가, 다시 막막해졌는데, 그래서 더더욱 단순한 일을 찾게 되었다. 그것은 국어사전을 보는 것이었다. 2천2백 페이지나 되는 사전을 맨 앞장 띄어쓰기, 맞춤법부터 맨 뒤 한자 부수까지 11개월에 걸쳐 보았다. 단순하게 그냥 노트에다가 옮겨 적는 일이었는데, 훈련을 나가는 날을 빼고는 거른 날이 없었다. 사전을 정리한 것이니 써먹을 것은 되지 못했지만, 후에, 대학노트에 빼곡하게 적혀 있는 순우리말과 사자성어, 속담 같은 것이 뭘 써도 될 것 같은 이상한 자신감을 주었다. '나는 군대에서 사전을 본 놈이야.' 낙선할 때마다 속으로 되뇌었다. 나는 실제로 작가가 되었다. 제대한 이듬해였다.

확언컨대 나를 작가로 만들어준 것은 순전히 대학노트에 빼곡하게 적었던 군에서 보낸 시간이었다. 다짐과 결심을 다졌던 길 위를 걷는 시간과 고요한 산속에서 우두커니 올려다보았던 밤하늘의 수많은 별 같은 것이었다.

수십 년이 지난 지금, 나는 소설을 쓰기가 힘들거나, 삶의 고민에 가로막힐 때면 지금도 그때 그 대학노트를 꺼내어 훑어본다. 거기엔, 내 인생의 시작, 맨 처음이 고스란히 묻어 있고, 숨쉬고 있기 때문이다.

오랜만에 걸으며 나한테 미래의 할일은 무엇인가, 떠올려보았으나 그냥 백지로만 남았다. 군에서보다 더 불투명하고 불안정한 날이 계속되고 있다. 사전을 다시 보아야 길이 보일런가. 🐾

소설가가 된 '졸음이'

내 얼굴은 졸리게 생겼다. 별명은 '졸음이', 청소년기 나는 그렇게 불렸다. 첫인상이라는 것이 잘 알지 못하는 사람에 대한 필요 이상의 편견과 선입견을 갖게 한다는 것을 이제는 부인하지 못하겠다. 첫인상이야말로 사람의 인품이나 됨됨이와는 아무 상관이 없다는 것을 머리로 인식은 하지만 마음은 늘 그것을 비켜 가지 못하는 것 같다. 그렇다면 내 첫인상은 졸리고, 게을러 보이고 항상 피곤해 보이는 쪽이다.

내 눈꼬리는 밑으로 처져 있다. 어렸을 적 어른들은 나를 보고 넌 왜 그리 어른 같은 눈을 하고 앉았느냐며 말하곤 했었다. 눈이 밑으로 처져 언제나 졸음이 가득한 얼굴을 한 인물의 대명사가 있다. 요즘 세대야 모르겠지만 수십 년 전에는 꽤 유명한 캐릭터였다. 고행석의 만화 주인공인 구영탄은 졸린 듯 순해 보이지만 절대로 고집을 꺾지 않고, 때로는 악의 화신으로 등장하여 복수를 일삼으며, 선하기 짝이 없는 가련한 주인공을 도맡기도 했던 인물이다. 사람들은 나를 보면 언제나 구영탄을 먼저 떠올리곤 했다. 솔직히 말하자면 난 싫지 않았다. 여러 캐릭터를 소화할 수 있는 이미지도 마음에 들었고, 왠지 모든 일에 느릿느릿할 것만 같은 그의 행동도 은근 마음에 들어 사람들이 빗대어 놀릴 때도, 때론 칭찬 같은 것을 섞어 얘기할 때도 속으로는 좋아했었다. 진짜 구영탄 같은 캐릭터가 되기를 바란 적도 많았다. 어쨌든 가늠이 되지 않는 얼굴이니 많은 것을 숨길 수 있을 거란 생각이었다.

그런 내 바람과는 달리 한없이 밑으로 처지는 눈꼬리를 보며 외려 부모님은 늘 걱정이었다. 점점 눈꺼풀이 내려가 눈을 뜨지 못할까봐, 때론 관상에 대한 팔자 운운하는 다른 사람들의 걱정 섞인 비아냥거림을 들을 때면 처진 눈꼬리를 연신 위로 밀어올려주기도 했다. 부모님도 시간이 지나면 자연스레 해결될 것이란 것을 몰랐기 때문에 걱정이 많았을 것이다. 한살 두살 나이를 먹으면서 내 눈꼬리는 점점 위로 올라갔으니 말이다. 물론 완벽하게 해결이 된 것은 아니나 어렸을 때보다는 훨씬 세월의 효과를 본 듯하다.

근래에는 피곤하면 쌍꺼풀이 생기는 경우도 있으니 어렸을 적 얼굴은 이제 먼 기억 속에나 존재하는 일이 되어버렸다. 눈꼬리

2부 내 연봉은 포도나무 한 그루

뿐만이 아니라 인상 자체가 변했다. 그것은 어찌 막을 도리도 바로잡을 기회도 없다. 내 마음과는 정반대로 얼굴은 변해갔다. 인상은 점점 내가 가장 혐오하는 축으로 변해갔다. 볼에 살이 오르며 제일 처음 눈이 점점 가늘어졌다. 그러곤 턱이 점점 사라지기 시작하더니 아래턱이 하나 더 생겼다. 곧 광대뼈도 그 흔적이 없어지고 볼이 두툼해졌다. 몇 년 사이에 나는 완전히 다른 사람의 얼굴이 되어 있었다.

아버지는 내게 때론 사람은 무얼 주로 보고 생각하고 느끼느냐에 따라 얼굴이 달라진다고 했다. 그러나 난 생각이 좀 달랐다. 모두 먹는 음식 때문이라고 생각했다. 내 얼굴은 초식성에서 육식성으로 바뀌었다. 먹지 않았던 고기를 즐기기 시작하면서부터 내 얼굴은 완전 달라지기 시작한 것만 같았다. 그도 그럴 것이 나는 데뷔할 무렵만 해도 고기를 거의 입에 대지 않았다. 하나둘 없던 욕망이 육식과 함께 시작되었다. 결국 얼굴은 욕망의 발현임을 믿어 의심치 않는다. 얼굴 한구석엔 늘 욕망이 숨어 있는 것 같았다. 광대뼈가 없어지고 그 자리에 나온 볼살 속에, 갸름한 턱이 사라지고 새로 나온 아래턱에, 졸린 눈에서 좀더 날카롭고 가늘어진 내 눈에 욕망은 숨어 꿈틀거렸다. 결국 바뀐 인상이나 변하는 얼굴은 숨겨진 욕망이 드러나는 과정이었을지 모를 일이다. 그렇게 숨겨져 있던 욕망은 내가 소설을 쓰게 만들었다.

졸음이에서 좀더 날카로워진 인상의 변화는 소설을 쓰면서 시작되었다. 소설을 쓰기 시작하면서 육식을 즐길 줄 알게 되었고, 세상이나 사회를 더이상 졸린 눈으로 보지 않게 되었다. 내 눈꼬리는 소설을 쓰면 쓸수록 점점 위로 올라가기 시작했다. 오래전엔 졸린 눈 속에 그 모든 것을 감추었으나 이젠 감출 만한 눈꼬리가 없어졌다. 오직 이 모든 것이 소설 때문일 것이다. 🐾

쌍릉을 아시나요?

익산 미륵사지 근처에 쌍릉이 있다. 두 개의 묘 중에서도 큰 것을 대왕묘, 작은 것을 소왕묘라고 부른다. 지난여름, 덥고, 더웠던 날 중에서도 가장 더웠던 7월 말의 한 날, 그곳에 다녀왔다. 여러 작가, 시인들과 함께였다. 무덤의 주인에 대해선 말이 많은데, 미륵사를 지었던 무왕의 것이라는 설이 일반적이다. 소왕묘는 그의 부인 것이다. 그런데, 단순한 왕릉이 아니라, 이 무덤의 주인이 무왕과 그 부인이라고 한다면 얘기가 좀 달라진다. 무왕은 우리 역사 이래 가장 큰 스캔들을 일으켰던 장본인이기 때문이다. 무왕이 바로 서동요의 '서동'이기 때문이다. 그렇다면 소왕묘에 묻힌 사람은 선화공주가 되는 것이 맞을 것이다.

무덤이 재발견되었을 적엔 누군가에 의해 도굴된 뒤여서 무덤 안은 텅 비어 있었다. 고려시대에도 이미 쌍릉이 도굴되었다는 글이 있었던 것을 보면 그곳에 뭔가 많은 것이 숨겨져 있었던 것만은 분명해 보인다. 어쨌든 쌍릉은 1917년 일본인 야쓰이 세이이치에 의해 약식 발굴되었는데, 그는 그때 그곳에서 발견된 인골을 무덤 속에 그대로 두었다. 그 인골을 최근에 성별, 나이, 신체조건 같은 것을 연대 분석을 통해 알아보니 무왕시대와 일치하는 결과가 나왔다고 한다. 그리하여 무덤의 주인이 무왕일 가능성이 더 높아졌다. 이젠 소왕릉에 묻힌 사람이 선화공주라는 것을 알아내면 될 것이다. 하지만 그것은 우리가 오랫동안 믿어왔던 설화에 대한 바람 같은 것이다.

서동요는 알다시피 백제의 서동이 신라의 선화공주를 사랑해서 신라의 아이들로 하여금 "선화공주니믄(선화공주님은)/남 그즈지 얼어 두고(남몰래 시집을 가서)/맛둥방을(맛둥 서방을)/바매 몰 안고 가다(밤에 몰래 안고 잔다)"라는 노래를 퍼뜨려 결국 신라에서 쫓겨난 선화공주를 얻게 되었다는 설화다. 선화공주가 '맛둥'과 밤중에 몰래 만나 사랑을 나눈다는 내용의 노래이니 당시에 이 노래가 당사자를 얼마나 궁지로 몰아넣었을까. 지금에도 이런 소문이 노래로 돌면 난감하기 그지없는데, 만약 이 설화가 사실이라면 당시의 선화공주가 얼마나 어려운 상황에 처했을지 짐작이 가능하다.

서동이 법왕의 뒤를 이어 왕이 된 것은 600년이다. 그는 재위 기간 동안 신라와 쉼없이 대립했다. 신라의 아막산성, 가잠성, 모산성, 서곡성, 독산성 등지를 계속 공격하여 신라를 곤혹스럽게 만들었다. 그래서 일부 학자들은 서동이 신라왕의 사위라는 데에 의문을 품는다. 아내와 장인의 나라를 그렇게 못살게 굴었을까 싶어서이다. 하지만 『삼국유사』에 적힌 서동과 선화공주의 이야기 때문에 우리는 완전히 혼란에 빠지고 만다. 우리가 바라는 바는 역사의 어떤 면일까. 『삼국유사』는 믿고 싶은 것만 믿는 사람의 속성을 잘 파고든 문학의 효용이 아닐까. 이를 뒷받침하는 사료가 몇 년 전에 발견되었다.

2009년 미륵사지 석탑 해체 과정에서 나온 금판에 무왕의 부인은 백제의 좌평 '사택적덕의 딸'이라고 적힌 글이 발견되었다. 그것으로 무왕의 부인이 선화공주일 가능성이 희박해졌다. 좌평은 백제의 가장 높은 벼슬이었고 사택적덕이 무왕의 대신이었던 것이 사실이니, 선화공주의 설화보다는 믿음직스럽다. 그럼에도 우리는 소왕묘의 주인이 글로 남은 가장 오래된 설화의 주인공이 되기를 바라 마지않는 것 같다. 문학은 그저 문학인데 말이다.

『삼국사기』가 승자의 독식된 역사서라는데 이견이 없다면 『삼국유사』는 한 개인의 편향된 역사서 내지는 여러 문학작품부터 설화나 민담을 부려놓은 읽을거리 풍부한 문학작품으로 보아도 무방할 것이다.

익산 쌍릉을 바라보며 인간이 만들어낸 이야기를 사실로 증명하고 싶은 욕망 같은 것을 느꼈다. 소설은 있을 법한 이야기를 허구적으로 만들어낸 것이라고 한다. 이것이 바뀌지 않는 정의라면, 이 '있을 법한'이란 정의는 진실과 사실을 의미하고, '허구적'이란 정의는 거짓을 말하는 것이니 노발리스가 말했던 진실과 거짓의 중간 지대를 찾는 일이 서동요 이후, 1천5백 년이 지난 지금도 어려운 것은 마찬가지이다.

문학이란 것은 진실의 이면을 비춤으로써 진실을 드러내는 것이 아닐까. 그러니 사실이 아닌 것에 문학의 재미가 숨어 있는 것 아닐까. 하나의 진실에 아흔아홉 개의 거짓이 덧대어 만들어지는 것. 그러니까 문학은 역사적인 사건이나 사료에 비해 간접적일 수밖에 없는 것이다. 결국, 우리가 바라는 바의 다른 면으로 반대 면을 비추는 것이 문학이 갖는 효용일 수도 있겠다. 그런 면에 있어 서동요는 현시대적으로 보면 굉장히 나쁜 문학일 수도 있을 것이다. 한 사람의 일방적인 사랑의 쟁취를 위해서 소문을 내어 피해자를 만들어낸 것일 수도 있으니까. 그래서 나는 거꾸로 소왕묘의 주인이 선화공주가 아니길 간절히 바라본다. 노랗고 붉게 물든 가을 중턱에서 지나간 여름에 대해 곰곰해보았다. 다시 겨울이 오고 있다. 자연의 역사는 말없이 진실만을 증명하기에 여념이 없다. 문학도 그 안에 순응하는 것, 역사의 한 켠이라는 생각이 더웠던 지난여름의 끝을 알려주는 것 같다. 🐾

안나푸르나가 내게 가르쳐준 것

3주 동안 히말라야의 안나푸르나에 다녀왔다. 정확히 말하면 산을 가까이에서 보고 왔다는 게 옳은 말일 것이다. 동료 선후배 소설가들이 동행했다. 사람들을 '꼬드긴' 건 나였다. 자랑삼아 전에 안나푸르나에 갔었던 얘기를 술자리에서 과장되게 풀었던 적이 있었는데, 실로 그들이 나를 믿고 따라나설 줄은 꿈에도 생각지 못한 일이었다.

사람마다 필요 이상 민감하게 구는 면면이 있기 마련이다. 내 경우에는 사람들이 산을 너무 만만하게 얘기할 때 그렇게 되는데, 이상하게도 사람들이 산을 얕잡아볼 때면 그들이 꼭 나를 만만하게 보는 것 같아 산 대신 모욕감을 느끼곤 한다. 그럴 때면 나는 산이 되어 어떤 방법으로든 그들을 응징하고자 애쓰곤 한다. 필요 이상 과장해서 산의 무시무시함을 얘기한다든지, 가장 어렵고 힘든 등산 코스를 내세워 산이라는 게 얼마나 두려운 존재인지, 고소(高所)라는 것이 얼마나 무서운 것인지 느끼게 하는 것이다. 그러면서 산은 난폭한 얼굴을 가장 태연하게 숨길 줄 아는 신(神)에 버금가는 존재라고 얘기한다. 그러나 산을 이미 올랐던 자는 산을 만만하게 보기 마련이다. 문제는 때때로 내가 그렇다는 것이다.

지난번처럼 좀 편안하게 산에 올라가보려고 요령을 피워 산중턱 좀솜까지 경비행기를 타고 가려고 했던 것부터가 잘못이었다. 거센 바람 때문에 착륙에 실패하고 12인승 경비행기는 포카라공항으로 되돌아와야만 했다. 이틀을 더 기다렸지만 산은 비행기가 착륙할 만한 날씨를 허락하지 않았다. 산에 대한 오만함을 산이 알아챈 것 같아 마음이 쑥스러워졌다. 어쩔 수 없이 걸어올라가는 수밖에 없었다.

여정은 예상했던 대로 고난하고 힘겨웠다. 수천 년 동안이나 우리를 기다리고 있었던 만큼 그것은 혹독하게 겸손함을 요구하는 것처럼 느껴졌다. 날씨는 폭설에 가까운 눈발이 날리거나 심한 바람이 불기도 했고, 대체로 흐렸다. 갈수록 힘이 들었지만 이미 깊은 산속으로 들어와버린 만큼 산행을 포기하는 것도 난감한 문제였다. 어느 쪽으로 가든지 내려가는 데만 이틀이 꼬박 걸리는 거리와 시간이었다. 그런 가운데서도 어쨌든 계획했던 곳까지는 올라가보고 싶다는 욕심은 버릴 수가 없었다. 그 마음마저 산이 알아버린 것일까. 엎친 데 덮친 격으로 나는 고산병 증세로 맥을 못 추었다. 나는 침낭 속에서 두려움에 떨기 시작했다.

어느 날 한밤중 깨질 듯 머리가 아팠다. 잠들었다 깨기를 반복했다. 오줌이 마려웠으나 귀찮아서 참고 참다가 겨우 침낭 밖으로 빠져나왔다. 아, 그때 깊은 밤 산이 나를 지켜보고 있었다. 웅장하고 과묵하게 나를 내려다보고 있었다. 안나푸르나 남봉과 마차푸차레였다. 달빛을 받아 어둠 속에서도 환하게 자신의 위엄을 밝히고 있는 설산에게 그제야 나는 빌었다. 그만 내려가겠다고, 내려가서 겸손하게 잘 살고 다시 보러 오겠다고. 신기하게도 다음날부터 날이 청명해져 평온해 보이는 설산의 모습이 눈에 들어왔다.

함께 간 일행 중 셋만 목적했던 곳까지 올랐다. 나는 물론 하산 팀에 섞여 있었다. 산에 대한 겸손함이 남달랐던 이들만이 산에 더 오를 수 있었다고 나는 믿어 의심치 않는다. 마음은 올라갈 때보다 무거웠지만 산을 내려오는 발걸음은 신이 나서 가볍기만 했다.

예전에 대학 때 은사가 했던 말이 떠올랐다.

"나에겐 소설이 설산이야. 목숨 걸고 올라가는 거지. 설마 소설 쓰면서 목숨까지 걸까 싶겠지만 나는 걸어."

당시 나는 그 말을 듣고 문학이 무슨 목숨까지 걸 일이야, 속으로 반문했지만, 시간이 많이 흐르고 되돌아보니 그럴 수도 있겠다는 생각이 들었다. 중년으로 가는 길목, 마음속에 품고 온 안나푸르나가 다시 내가 올라야 할 일상과 소설이다. 내가 하는 일이 목숨걸어 매일 넘어야 하는 거대한 산이라는 것을 새삼 깨닫는다. 🐾

소통한다는 것

시인 네루다는 일찍이 자신의 문학관을 짧은 에피소드를 통해 밝힌 적이 있다.

어린 네루다는 어느 날 집 주변에 세워진 나무 울타리에 뚫려 있는 작은 구멍 하나를 발견했다. 가만히 다가가 구멍을 들여다보니 자기 집 뒤꼍처럼 황량하게 방치된 풍경이 보였다. 꼭 무슨 일이 일어날 것만 같아 어린 네루다는 겁을 먹고 두세 걸음 뒤로 물러났다. 그런데 예감과 같이 갑자기 그 구멍에서 작은 손 하나가 불쑥 나타났다 사라졌다. 어린 네루다와 비슷한 또래의 아주 작은 손이었다. 어린 네루다가 다시 다가가서 구멍을 들여다보았을 땐 이미 손의 주인은 사라지고 없었다. 대신 그곳에 멋있는 선물이 놓여 있었다. 조그맣고 하얀 양 인형은 빛이 바래고 군데군데 털도 뽑혀나가 있었다. 그러나 그래서 더욱 진짜 양같

2부 내 연봉은 포도나무 한 그루

이 보이기도 했다. 어린 네루다는 이제까지 자기가 본 양 중에서 가장 멋진 양을 선물받은 것이었다. 네루다는 한참을 구멍 앞에 서서 양을 놓고 사라진 주인을 기다렸지만, 아무도 나타나지 않았다. 네루다는 집으로 달려가 자신의 보물상자를 열었다. 네루다는 보물상자에서 자신이 가장 아끼는 향기와 송진이 가득 찬 채 벌어져 있는 멋진 솔방울을 꺼내가지고 나왔다. 네루다는 향기 진한 솔방울을 양이 놓여 있던 자리에 놓고, 양 인형을 집으로 가져왔다.

다음날 네루다는 다시 작은 구멍 앞으로 달려갔다. 놓아두었던 멋진 솔방울은 사라지고 없었다. 그 작은 손의 주인도 다시 나타나지 않았다. 어린 네루다는 그 손도, 소년도 다시 보지 못했다. 어린 그에게는 빛바랜 양 인형이 남게 되었다.

네루다는 어린 시절의 에피소드를 통해 문학이 가지고 있는 위대하고 소박한 진실을 쉽게 얘기하고 있다. 서로의 존재를 모르면서도 소년들이 작은 선물을 주고받았던 나무 울타리에 뚫려 있는 작은 구멍, 그것이 곧 시라고 네루다는 말한다. 시인은 형체도 존재도 모르는 수많은 독자, 평범한 사람들에게서 시상을 얻고 언어라는 소통구를 통해 시를 내어놓는다. 시인은 세상과 사람들에게서 멋진 양 인형을 받게 되는 것이고, 인형을 받은 시인은 향기와 송진이 가득 찬 채 벌어진 솔방울을 사람들에게 내놓는다. 문학은 언어, 말이라는 작은 구멍으로 언제나 사람들과 소통하는 것이다. 시인들만 작은 구멍을 가지고 있는 건 아닐 것이다. 모든 사람들이 자신만의 작은 구멍을 가지고 있다. 시를 쓴다는 것은 자신만의 작은 구멍에 가장 소중한 인형을 놓아두는 일이다. 그리고 멋진 솔방울이 되어 되돌아오는 경험, 미지의 누군가와 가장 소중한 것을 주고받는 일, 문학이 할일이다. ❧

3부

도시는
무엇으로 이루어지는가

강남에 간다는 것

간혹 있는 강남 나들이는 몇 되지 않는 설레는 일 중 하나이다. 반대로 참 부담과 긴장이 된다는 말이기도 하다. 어쨌든 내게는 참, 심리적으로 먼 동네다. 거리나 상점들이 이국적인 모양새로 기억에 남아 있기 때문일 것이다. 아주 오래전 만들어진 '강남 콤플렉스' 같은 것이 내게 있다. 왜 그곳에 있었는지는 기억이 나지 않으나 강남역 사거리 뉴욕제과점 앞이었다. 왜 그런 곳에서 약속을 잡았고, 누구를 기다리고 있었는지 기억은 이제 세월의 저편 너머에 잠들었다.

　나는 당시 유행하던 학과 조끼를 입고 있었는데 — 지금은 학과 점퍼가 야구 점퍼 스타일이지만, 당시에는 낚시 조끼 같은 스타일이 인기였다 — 여러 명이 지나가는 사람들에게 전단지를 나누어주고 있었다. 그런데 그들은 나와 내 동기 녀석에게만은 전단지를 주지 않았다. 그게 뭐라고 나는 위축됐다. 다른 사람이 받자마자 땅바닥에 던져버린 전단지를 슬쩍 보니 무슨 술집 광고지였다. 우리 차림새가 그래서 그런가, 한눈에 우리를 알아본 것일까. 이상하게 민망함에 강남을 떠올리면 그때 그 일이 먼저 자리잡았다. 웬만해선 강남에 약속을 잡지 않는 이유가 되었다. 혹여 민망함이 다시 도질까 그렇다.

또 한번은 내가 아반떼를 타고 다니던 시절, 한 음식점에 갔다. 파킹을 도와주는 분이 열쇠를 주고 내리라 하기에 그렇게 했다. 식사를 마치고 나와보니 내 차를 찾을 수가 없었다. 주차장에 자리가 없었던 것도 아니고 여유로웠는데도 말이다. 내 차는 정말이지 그 드넓은 주차장의 맨 구석에, 열심히 찾아야 겨우 찾을 수 있는 곳에 주차가 되어 있었다. 스물에 느꼈던 민망함이 또 슬금슬금 기어올라왔다.

어쨌든 강남을 그리하여 꼭 갈 일이 아니면 가지 않는다는 말을 하려다가 설이 길어졌다. 벌써 이마저도 오래전의 일이다. 박찬일 셰프를 처음 보았던 날이다. 순전히 이태리 음식을 맛보기 위한 특별한 나들이였다. 웬만해선 건너지 않는 한강을 건넜다. 이태리 식당 주방장 박찬일은 당시만 해도 실제로 본 적은 없었지만 종종 그가 쓴 글을 통해 이미 알고 있는 터였다. 그의 글은 이태리 음식을 우리 것과 연결된 그 무엇으로 풀고 있어 인상 깊었다.

거두절미 음식은 정말이지 환상적이었다. 시골에서 나고 자란 나로서는 이태리 음식에 당연히 선입견이 있을 수밖에 없었지만 그날만은 예외였다. 코스별로 나오는 갖가지 음식으로 내 혀는 즐거움의 비명을 토해냈다. 그런데 그 음식이란 것이 처음 먹어보지만 결코 낯설지 않았다. 그것이 혀의 즐거움을 더했다. 재료만큼은 절대적으로 한국적인 것을 사용하고 있었기 때문이었을 것이다. 특히 우리식대로 하면 곱창전골쯤 되는 이름 모를 그 음식은 이태리식 소스에 밥이라도 비벼 먹고 싶을 정도였으니 이만하면 퓨전을 이해할 수 있었다고나 할까. 강남을 떠올리자니 그날이 생각났다. 즐거웠던 날을 찾자니 그날이 유일했다.

강남은 내게 퓨전 음식이다. 강남에 간다는 것은 내게는 그런 의미로 다가오는 것 같다. 그날 먹은 음식 같은 것. 이태리 음식이라는 생소함을 먹고 있지만 그 안에서 익숙한 어떤 한 맛을 찾아내는 일처럼 말이다. 내게 강남이라는 음식은 부(富)의 경계와 상대적인 문화 수준이 믹스된 퓨전 음식. 생소하면서도 익숙한 그 어떤 맛을 느끼게 해주는 요리와 같다. 매일 먹긴 부담스러워도 간혹 먹고 싶고 맛보고 싶은 이태리 음식처럼 말이다. ❧

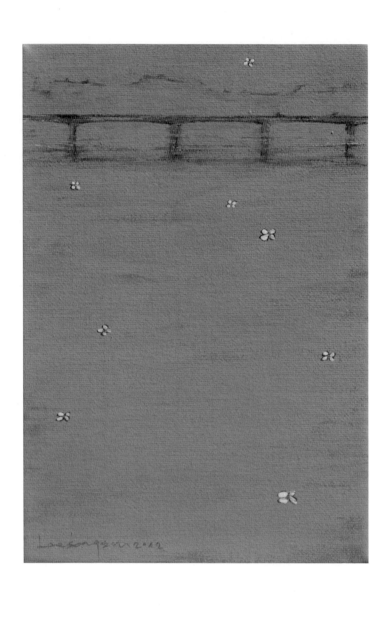

서울 산책

서울역-청량리-면목동

아마도 겨울이었을 것이다. 햇살은 좋았고, 그리 춥지 않았음에도 마음이 추웠다. 봄이 오고 있었지만 마음이 한겨울 고향의 들판 같았다. 서울로 가는 기차를 처음 타보았다. 대학에 떨어지고 재수를 하러 올라가는 길이었다. 아버지와 단둘이었다. 빠르게 뒤로 밀려나던 눈부신 풍경이 눈에 들어오지 않았다. 아버지가 건네는 위로 때문에 마음이 더욱 무거웠다. 용기를 북돋기 위해 부지런히 내게 농담을 했지만 하나도 웃기지 않았다. 처음 집을 떠나 서울로 가는 길, 그것이 이렇게 오랫동안 기억에 남을지 몰랐다. 잔뜩 웅크리고 있는 내게 아버지가 말했다.

"나도 네 나이 때 서울 가서 고생 많이 했는데……."

아버지도 맨 처음을 떠올리고 있었던 모양이었다. 너무 빨라

3부 도시는 무엇으로 이루어지는가

진 새마을호의 속도에 우리 둘은 적응을 못 하고 시선이 머물 자마자 뒤로 빠르게 사라져버리는 풍경을 붙잡으려 애쓰고 있었다.

"어떻게든 공부 열심히 해서 서울에 남아라. 대학도 서울로 가면 좋겠지만, 안 되어도 상관없어. 하지만 서울에서 살아라. 그게 인생에서 실패를 줄이는 길이다."

아버지의 말은 좀 의외였지만 무슨 말인지는 이해했다.

"서울엔 서울 사람 별로 없다더라. 촌에서 왔다고 너무 쫄지 말고."

아버지가 등을 토닥이며 말했다. 기억을 더듬어보니 그때만 해도 호남을 오가던 KTX도 없었고, 용산역도 없었다. 서울역에서 내려 우리는 버스를 타고 면목동으로 갔다. 아침 일찍 출발했지만 시간은 어느새 늦은 오후가 되어 있었다. 면목동엔 친척 중에 유일하게 서울에 사는 큰댁이 있었다. 지방에 살던 우리 가족은 너나 할 것 없이 대학에 떨어지면 큰댁에 머물며 재수를 했다. 대학에 붙은 뒤에도 사촌들은 큰댁에 머물며 학교를 다녔다. 꼭 하숙집 같았다. 돌이켜보면 그건 참 쉬운 일이 아니었는데, 큰아버지도 큰어머니도 대단한 분들이라는 생각이 새삼 든다.

아버지는 들고 온 내 짐보따리를 부리더니 서둘러 돌아섰다. 밥도 한끼 먹지 않고 고향으로 내려갔다. 서울역까지 아버지를 데려다주겠다고 따라나섰다. 고향 가는 기차에 오르는 아버지를 실감하고서야 서울에 혼자 남겨진 스스로를 깨달았다. 막막하고 서러웠다. 서울은 그런 곳이구나. 봄이어도 겨울이고, 가을이어도 겨울 같구나. 면목동으로 돌아오는 길, 버스를 잘못 타고, 지하철노선을 알지 못해 길을 헤매다가, 한밤중이 되어서야 겨우 큰집으로 돌아왔다.

서울에서의 첫날, 길을 오래 헤맸지만 그날, 서울의 한 가난한 동네 골목길에 나 같은 사람들이 모여 산다는 것을 알게 되었다. 다닥다닥 붙어 있는 다세대주택가, 반지하방에는 이주노동자들이 모여 살고 있었다. 골목마다 밤새 재봉틀 돌아가는 소리가 살짝 열린 문틈으로 새어나왔다. 지친 하루의 끝에 가족들이 모여 열심히 드라마를 보던 겨울의 끝자락, 아름다운 풍경을 보던, 스물의 어느 밤.

중랑천-홍제천

도시는 개인의 역사를 기억하는 공간, 서울의 모든 것이 흔들려보였다. 동쪽 끝에서 서쪽 끝까지 도시는 여전했지만 IMF 이후 사람들은 경기의 침체로 도시가 변했다고 생각했다. 도시는 낡기 시작했고, 사람들은 여전했다. 서울은 낙담중이었다. 중랑천에서 고기가 잡혔다는 뉴스가 TV에서 나오고 있었다. 버스를 타고 중랑교를 건너며 바라본 중랑천, 물 색깔이 새까맸다. 서태지가 근처 출신이라는 말에 동네 사람들은 믿을 수 없다는 듯 고개를 절레절레 흔들던 시절이었다. 도시는 낡았고 사람들은 여전한 줄 알았으나 아니었다. 도시의 많은 것이 바뀌고 있었다. 그 안에 사는 우리만 그 모습을 더디게 느낄 뿐이었다.

시간은 흘렀고 서울은 여전하지 않았다. 제대하고 홍제천 근처로 이사를 했다. 내부순환로 교각 밑에 한밤중에 몇몇이 모여 놀던 시절이었다. 중랑천에는 물고기가 돌아왔다고 했는데, 홍제천에는 아직도 물고기가 살지 않았다. 하지만 자전거도로가 생겼고, 체육공원도 만들어졌다. 밤이 확연해지면 보리와 함께 천변을 달렸다. 운동이랄 것은 없었고, 그냥 주인이 뛰면 개, 보리도 달렸으니 그게 신이 났다. 한강에선 한참 떨어져 있었지만 홍제천은 신이 났다. 천변에 나온 사람 모두 중랑천과 마찬가지로 곧 물고기가 홍제천에도 돌아올 것이라고 믿는 것 같았다. 천천히 그렇게 서울은 겨울을 흘려보내고, 봄을 맞이할 준비를 하고 있었다.

종로-동대문-청계천8가

90년대 '천지인'이 부른 〈청계천 8가〉라는 노래 가사 중 일부는 이렇다.

어느 핏발 서린 리어카꾼의 험상궂은 욕설도
어느 맹인 부부 가수의 노래도

희미한 백열등 밑으로

어느새 물든 노을의 거리여

뿌연 헤드라이트 불빛에

덮쳐오는 가난의 풍경

술렁이던 한낮의 뜨겁던 흔적도

어느새 텅 빈 거리여

칠흑 같은 밤 쓸쓸한 청계천 8가

산다는 것이 얼마나 위대한가를

비참한 우리 가난한 사랑을 위하여

끈질긴 우리의 삶을 위하여

　종로를 걷다보면 어느새, 누구나 청계천 골목에 빠져든다. 새벽 불빛 속으로 모여든 사람들, 낡은 책방이 있었고, 우리 엄마, 누나, 형들이 다녀간 봉제공장과 신발공장, 아버지의 영세한 금속공장이 있는 곳. 시장과 시장이 얽혀 있다 슬쩍 내외하는 골목의 찬란한 만남이 있었다. 청계천은 도시 근대화의 역사를 고스란히 품고 있다. "산다는 것이 얼마나 위대한" 일이고 "끈질긴 우리의 삶을 위"해 살아가는 사람들, 서울에서 이만큼 아름다운 풍경을 찾기란 쉽지 않다. 노랫말처럼 도시가 아름다운 게 아니라 그 안의 사람이 아름다운 것이다. 하루의 노동이 위대한 것이다. 낮의 활기를 품고 집으로 귀가해 노곤한 잠을 청하는 칠

흑 같은 겨울밤의 성스러움.

광화문-창덕궁-대학로

우리는 우리가 얼마나 위대한 도시의 삶을 살고 있는지 잘 알지 못한다. 우리는 그저 선진국 발밑에 개발도상국의 언저리에 언제까지나 머물러 있을 줄 알았다. 우리를 품고 사는 서울은 뉴욕이나 파리, 바르셀로나와 도쿄보다는 못한, 우중충한 빌딩숲에 사람들의 인생이 가려진 보잘것없는 곳인 줄 알았다. 열등감, 피해의식 그런 인식이 서울의 겨울이었다. 우리의 봄이 이토록 찬란한 줄 몰랐다. 서울이 품은 봄의 빛깔이 이렇게 아름다운 줄 모르고 살았다. 모두가 바빴고, 모두가 지쳐 있었다. 우리가 모르는 새, 서울은 선진도시의 봄을 천천히 맞고 있었다. 수준 높은 시민의식이 도시의 품격을 높인다는 것을 알지 못했다. 전염병이 지나간 후, 그리고 지난 몇 번의 선거를 통해 우리는 우리가 얼마나 찬란하고 위대한 역사를 써가고 있는지 깨달았다.

광화문, 서울의 광장은 언제나 다양성의 활기로 가득하다. 그곳에는 언제나 서로가 서로를 비난하고, 정치와 이념의 다름으로 부딪치며 싸운다. 하지만 억지와 반대를 위한 반대마저 도시의 시선에서는 활력이다. 그러므로 서울의 광장은 언제나 정의로웠다. 옳고 그름을 떠나 이 얼마나 생명력 넘치는 광장이고 대로던가. 광장에서 광화문에 이르는 길, 시민의 자유가 살아 있고 개개인의 목소리가 살아 있다는 증거에 이르는 길이다. 함께 분노하고 저항의 촛불로 서로가 서로를 깨달은 발걸음이 시작된 곳이다. 세계에 아직도 이런 광장이 남아 있던가. 광장의 모양새는 베네치아나 파리보다 볼품없지만 이렇게 광장의 의미가 살아 숨쉬는 도시는 세계 어디에도 없다.

광장과 대로를 품은 경복궁 후원의 봄은 여전하다. 후원 넘어 수백 년 도시의 역사를 묵묵히 지켜온 창덕궁의 그 고즈넉한 풍경은 도시가 지켜온 품격의 상징이다. 바야흐로 숨죽이던 서울의 봄이 폭발한다.

봄길을 지나오니 대학로 한복판에 이른다. 예술과 젊음과 열정으로 채운 골목마다 잊고 있었던 서울의 얼굴들을 만난다. 서울은 오래되었으나 새로운 도시이다. 서울은 근 100년도 안 된 신도시이지만 600년이나 된 고도이다. 도시의 혈관인 골목과 작은 거리마다 예술적 품위로 도시의 생명이 새롭다. 대학로는 서울의 그 중심이다. 거대한 빌딩 옆 그늘진 골목마다, 대규모 아파트 단지 밖 작은 거리마다 새로운 혈관이 생겨난다.

남산-이태원

서울의 야경을 좋아하는 이들은 두 개의 의견으로 나뉘곤 한다. 남산과 이태원에서 내려다보는 강남의 풍경이 최고라는 사람

과 압구정, 신사동 강가에서 이태원, 옥수동, 남산을 바라보는
것이 최고라는 사람으로 나뉜다. 점점이 도시의 별이 뜨고 지는
곳을 품은 한강변, 그곳에서 도시의 새로운 만남이 시작되고 이
별한다. 서울 시민 누구의 것이지만 누구의 것도 될 수 없는 강
변, 깊은 열등감과 선망이 뒤섞이는 곳, 그리하여 양쪽의 야경은
일품이 아닐런가.

이젠 기억도 가물거리는 몇몇의 친구들이 떠오른다. 가파른
언덕을 오르며 친구의 집으로 놀러가던 밤. 한강이 그리 큰지 모
르고 다리 위를 걷다가 문득 깨닫고, 온 길을 돌아가기도 건너가
기도 힘들어서 망설이던 어떤 밤, 다리 밑에 또 다른 다리가 있
다는 것을 깨닫고 당황하던 어떤 서울의 봄, 모든 것이 지나가버
리고 망각 속에 파묻혔지만, 서울의 봄들은 여전하고 또렷하다.
그런 풍경을 멀리서 떠올리며 서울을 그리워하는 어제의 오늘이
된 하루.

압구정-가로수길-강남역

떠오르는 봄의 기억 하나, 가끔 같은 과 친구들과 주말 공사
판에서 잡부 아르바이트를 하곤 했다. 한 날은 압구정에 있는 럭
셔리한 부엌가구상점에 일을 나가게 되었다. 매장 창고에 있는
싱크대를 트럭에 싣고 다른 어떤 곳으로 옮기는 일이었는데, 값
비싸다던 독일 브랜드의 싱크대 상판을 한 장 깨먹고는 그 일을

숨기느라 전전긍긍했던 봄날. 그게 얼마짜리인지는 겁에 질려 차마 알아볼 엄두도 내지 못했다. 우리의 실수를 들키지 않기 위해 정말 열심히 일을 했다. 일당을 받고 무사히 그곳을 탈출할 수 있었다.

몸에 종일 달라붙은 먼지를 털며 지하창고에서 지상으로 올라와보니 화려한 압구정의 밤이었다. 우리의 몸은 움츠러들었다. 왠지 술을 마셔야 할 것만 같았다. 받은 일당 모두를 털어 술을 마시고 모두 엉망으로 취했다. 택시비 따위 없었다. 새벽, 우리는 남가좌동을 향해 걷기 시작했다. 서로와 서로의 거리가 점점 멀어졌다. 누군가는 우는 것 같았고, 누군가는 소리를 질렀다. 아, 서울은 힘들구나, 정말. 서울에서 벌써 10년, 아무도 적응한 이가 없었다. 하루하루가 모두에게 다른 하루를 깨닫게 하는 것 같았다. 어제보다 더 낭패스러웠다. 젊었던 날, 서울의 봄은 온통 그런 빛깔뿐이다. 그런데 우연히 다시 그곳을 지나가게 되었는데, 그곳, 휘황찬란한 불빛은 여전했으나 예전보다는 많이 차분해진 거리를 보니 쓸쓸했다. 흐릿해지며 번지는 주황, 보랏빛 네온을 추억함. 결국 서울은 끝내 적응이 안 되는 여러 얼굴의 변덕스러운, 그리하여 더욱 매력적이기만 한, 그런 연인일런가.

여의도

한 번이라도 봄을 맞으며 여의도를 걸어본 적 없나요? 그 화려함에 탄복한 적 없으세요? 날리는 꽃눈깨비, 꽃비를 맞아보지 못했다면 서울의 봄은 아직도 멀었다는 말이에요. 봄엔 서울을 걸어보세요. 바람에 날린 그 꽃들이 어디로 날아가는지 지켜보세요. 그리고 우리만의 다짐을 날려보아요. 낮은 곳으로, 가난한 사람들에게 꽃잎들을 날려보아요. 꿈을 이루기 위해 애쓰는 이에게로 날아가는 희망과 응원의 꽃눈깨비를 더 멀리 날려보아요.

양재

사람이 도시를 만들고 도시가 사람을 만든다. 도시는 생물이며 시민들의 유일신이다. 도시 안에 사는 모두가 그 안에 속해 있다. 도시가 움직이는 대로 사람들이 움직이고, 이끄는 방향으로 시민들의 신앙이 모여든다. 도시의 여름은 도시여서 잔혹하고, 도시여서 또 너그럽다.

한낮의 도시는 빌딩이 뿜어내는 열기로 가장 낮은 곳부터 뜨거워진다. 밤이 되면 낮부터 달궈진 열기가 높은 곳으로 움직인다. 해가 지면 사람들이 사무실에서 빌딩에서 내려와 세상의 가장 낮은 곳으로 모여든다. 사람들은 여름의 순간을 견딘다. 그 순간만 넘기면 도시는 너그러움뿐이다. 어디든 앉을 수 있는 곳에 옹기종기 모여 도시에 숨을 불어넣는다. 한 도시공학자가 도시는 와인과 비슷하다고 말한 적이 있는데, 참 좋은 표현이다. 도시는 거대한 와인병 같고 사람들은 그 안에 담긴 잘 숙성된 와인 같다. 코르크를 통해 와인은 적절한 습도와 온도를 부여받는다. 도시는 시민들에게 그런 존재다. 도시는 꼭 내 품으로 오라, 덥지 않다. 내 품으로 들어오라, 덥지 않다, 말하는 것 같다. 우리는 그 안에서 더운 숨을 내쉬고 도시는 그것을 도시 밖으로 내뿜는다. 그러므로 우리는 도시를 믿는다.

신촌-홍대입구-합정-망원

서울 시민 여러분, 여름에 신촌, 홍대, 합정, 망원으로 여행을 떠나보자. 서울에 있지만 서울에 없는 다른 세상이 있다. 누군가에게는 엄청 낯설고, 누군가에게는 고향처럼 친숙한, 다양한 활력이 기다리고 있다. 이제 아시아의 어느 곳에도 이런 곳은 없다. 유럽에도 없다. 아메리카에도 없다. 서울에만 있다. 문화가 있고 젊음이 있고 생기가 넘치는 그곳으로 떠나자. 서울의 다른 얼굴이 그곳에 있다.

남가좌동-옥탑방

아시다시피 서울의 여름은 공평하지 않다. 여름이 누구에게나 신나는 계절은 아니다. 여름만큼 계급적인 계절이 있을까. 여름만큼 돈에 좌지우지되는 날이 있을까. 여름은 잔혹하다. 어디에 살고, 몇 층에 살고, 어떻게 사는지에 따라 여름은 누구에게나 다른 여름이다. 영화 〈기생충〉이 지극히 '서울적'이라고 말할 수 있을 것이다. 그 서사가, 인물들의 다름이 아름답게 느껴지는 이유는 그러므로 너무나 옳기만 하기 때문이다. 도시는 여러 얼굴을 지니고 있고, 잔혹한 것도 우리의 이야기이고 우리의 모습이니 사랑해야만, 할 수밖에 없는 일이다. 알아야 하고 나누어야만 할 수밖에 없는 일이다.

옥탑방에 산 적이 있다. 햇수로 4년 남짓이었을 것이다. 남가좌동 다세대주택 6층 옥상에 있던 옥탑방 가는 길은 언제나 히말라야 등정과 맞먹었다. 집이 특이한 구조여서 구불구불 미로 같은 계단을 올라야만 숨겨져 있던 옥탑방에 이를 수 있었다. 에어컨도 없던 그 방을 잊을 수가 없다. 밤에는 쉽게 잠을 이룰 수 없었다. 낮에 모인 더운 열기가 모두 옥탑으로 올라오는 것 같았고, 한낮 내내 달궈진 옥상의 지열은 밤이 되어도 식을 줄 몰랐다. 한새벽이 되어야 그 열기가 조금 꺾였고 그 틈에 잠들어야만 했다. 태양이 떠오르는 순간 옥탑은 빠르게 달아올랐다. 숨을 쉬기 어렵고, 온몸이 땀에 흠뻑 젖은 채 깨곤 했다. 걸을 힘이 없어서 기어서 밖으로 나온 적도 여러 번이었다. 방안 온도는 44도를 오르내렸다. 신기한 것은 밖으로 나오면 잠깐이었지만 엄청 시원함을 느꼈다. 하지만 그곳을 떠날 수 없었던, 더워도 견디며 짱박혀 있던 이유는 다른 곳에 분명 있었다.

그곳은 젊은 날, 내가 가장 높이 올라갈 수 있는 곳이었다. 그곳에서 바라보던 아기자기했던 흔들리던 여름의 불빛이 아름다웠다. 서울의 여름, 옥탑방은 그리하여 내게 더위를 내리시고, 흔히 볼 수 없는 야경을 보내셨도다. 지나고 나면, 견디고 나면 그런 기억마저 아름답지만 현재의 여름을 겪는다는 것은 잔혹하기만 하다. 누군가는 도시의 가장 낮은 곳에서, 혹은 건물 옥상에서 엄청난 열기와 싸우고 더위를 견디고 있음을, 에어컨 바람에 혹, 더위가 잊히면 기억해야 할 것, 우리는 모두 서울에 함께 살고 있는 우리니까.

을지로-오장동-충무로-필동-마포-여의도-논현동-학동-언주로-잠실-방이동

서울에 와서 처음 먹어본 음식이 너무 많다. 경희대 근처의 파전도 처음 먹어보았고, 중랑교 건너 새서울극장 근처에서 막창이라는 것도 처음이었다. 참치회를 처음 맛보았던 날의 그 놀라움은 지금도 생생하기만 하다. 지금은 사라진 피맛골 골목을 누비다 만난 임연수구이와의 대면도 처음이었다. 근처 선지해장국도 처음이었다. 피자도 스파게티도 처음 먹어보았고, 왕십리에서 양곱창도 처음이었다. 패밀리 레스토랑에도 처음 가보았고, 노량진수산시장에서 회와 킹크랩도 처음 먹었다. 서울의 음식은 다이내믹하다. 기억을 잘 떠올려보면 이 많은 음식을 먹기 시작한 지 얼마 되지 않은 것이 신기할 따름이다.

어쨌든 서울의 가장 놀라운 풍경 중 하나는 바로 음식이 아니겠는가. 서울의 다양하고 멋진 식당을 말로 다 소개할 수 있겠는가. 서울은 도시 전체가 미식의 보고라 해도 과언이 아니다. 동네마다 특색 있는 음식과 식당이 수두룩하고, 골목마다 다 헤아릴 수 없을 만큼 훌륭한 식당이 즐비하다.

그중에서도 서울의 제일 맛집을 꼽아보면, 그 음식이 무엇인가 하면, 서울은 역시 냉면이 있는 도시라는 것이다. 그냥 생각나는 대로만 적어보았는데 미처 기억이 다 따라가질 못한다. 서울에만 있고 다른 곳엔 없는 음식이 무엇일까, 곰곰 생각해보아도 냉면만 떠오른다. 벌써, 어쩌다보니 한기가 든다. 생각만으로도 차디찬 여름을 선사한다.

서울의 여름은 냉면이어라. 도시에 사는 모두에게 여름의 서울은 복된 냉면이 되어라, 여름이 당도하기 전에 간절한 마음을 모아 빌어본다. 서울의 냉면은 정말이지 여름의 축복이다.

신당동-왕십리-한양대-서울숲

하나의 추억은 계절에 대한 풍경과 기억을 숙연하게 만들곤 한다. 분명 떡볶이집에 DJ가 있었다. 도시는 빠르게 변화한다. 테크놀로지의 변화와 발달로 서울은 몸을 바꾸어나갔다. 사람들은 언제부턴가 음악을 들으러 카페나 떡볶이집에 갈 이유가 사라졌다. 그즈음 노랗고 붉게 물든 서울의 모습이 눈에 들어오기 시작했다.

그런 풍경은 문득 깨닫게 된다. 아, 가을이 시작됐구나. 다시, 계절이 시작되는구나, 하고 말이다. 오래전부터 그런 생각을 해보았다. 봄이 1년의 시작이나, 계절의 시작은 가을이라면 좋겠다. 겨울이 여름의 위치에 있고, 봄이 가을이면 좋겠다고 말이다. 🐾

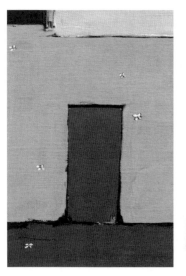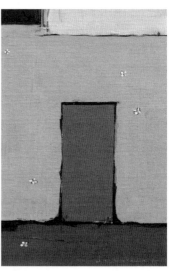

도시의 길은
고대의 시간 속으로
─그리스를 다녀와서

작년 여름 나는 그리스에 두번째 여행을 다녀왔고, 관련된 책을 준비중에 있다. 여행이라는 것이 사람마다 의미를 달리 두겠지만, 작가의 경우 일의 연속 같은 느낌이어서 호기심은 많지 않았다. 기간이 좀 긴 여행과 짧은 여행 정도의 기대감을 갖고 떠나곤 했다. 그리스는 5년 전에 두 달 반을 있었고, 작년에도 두 달을 넘게 있었으니, 기간으로만 본다면 5개월 동안이나 한 나라에 있었던 조금은 긴 여행에 속했다.

아시는 바와 같이 그리스는 고대 도시국가의 상징처럼 되어 있고 지금까지 남아 있는 고대의 유물이 도시 전체를 지배하고 있는 풍경이다. 그도 그럴 것이 대부분 유물은 건축물이거나 그에 딸린 장식품 같은 것이어서, 길을 걷다보면 수천 년 전, 해질 녘에 서 있는 것 같은 착각이 들기도 했다. 지금의 아테네는 수천 년 전 만들어진 도시이고 사람들은 수천 년 동안 고대의 길 가에서 살아왔다. 많은 것이 변했지만 그대로인 것이다.

한 중년부부의 집에 방문한 적이 있는데, 그곳은 원래 부인의 외가라고 했다. 그러니까 부인 엄마의, 엄마의 집이라는 얘기였는데, 언제부터 그러면 이곳에서 살아왔냐고 물으니 알 수 없다고 말했다. 1층에 여전히 살고 있는 자신의 친정 엄마를 소개했다. 나는 똑같은 질문을 했고, 친정 엄마는 자기 외할머니의 엄마도 이곳에서 살았던 것은 분명한데 그 이상은 모른다고 했다. 오랫동안 살아온 수백 년 된 집은 지금은 사용하지는 않지만 잘 보존해놓았고, 가끔 손님들을 위한 방으로 사용한다고 했다. 지금은 오래된 고택 옆에 현대식으로 3층 건물을 지어 1층은 친정 엄마가, 2층과 3층은 결혼한 자매의 각 가족이 살고 있었다.

내심 각자 가족을 이루고 살면서도 한집, 한 공간 안에 모여 살고 있는 그들의 삶의 형태가 조금 부러웠다. 앞마당 작은 정원에 펼쳐진 파라솔엔 언제나 이야기가 피어나고 평생을 사랑으로 가득한 하루처럼 살고 있는 그들의 여유가 좀 많이 생소하기까지 했다. 공간은 시간의 연속성 안에 있다. 역사라는 것은 시간을 한 공간 안에서 지켜온 일이다. 도시 전체가 그렇고 국가 전체가 그런 인식 안에 놓여 있다. 우리의 시선으로는 낡았고 오래됐고, 흉흉해 보이는 그 공간이 그들에겐 가늠할 수 없는 지난 시간의 기억들이다. 그것은 어쩌면 우리에게 앞으로 남지 않게 될 그 어떤 소중함일지도 모르겠다.

　그리스 여행은 볼거리보다도 그 오랜 시간 지켜온 공간 안에 사는 사람들을 느끼는 일이었다. 우리가 서둘러 없애거나 바꾸어버린 한 공간의 역사와는 비교되는 일이기도 했다. 서울의 상징적인 공간, 오랜 시간을 지키며 역사적인 공간을 형성하는 것이 이제는 부의 상징처럼 들어선 높은 빌딩으로 인식되는 것은 이 공간과 도시에 사는 우리에겐 쓸쓸한 일이 아닐 수 없다. 사람들은 시간만을 아로새길 수가 없다. 그 시간을 담은 공간이 남아 있지 않다면 그것은 역사가 될 수 없고, 한 개인의 흐릿한 기억에 불과할 테니까. 사람들의 개인적 역사는 남은 공간과 건물이 그것을 대신한다. 거기에 기억이 있고 삶이 있다. 한 국가는 그 구성원의 개인적 역사로 역사를 만든다. 도시 공간이 편리함과 화려함과 부의 축적만을 위한 곳이라면 그 공간 안에 깃든 개인의 역사는 오래 지속되지 못할 것이다.

　도시는 무엇으로 이루어지는가. 나는 걸으면서 되뇌곤 했다. 도시는 공간이고 공간은 사람의 역사이자 숨이다. 태초에 고대 도시가 신들을 위한 것이었고 인간은 그것을 통해 자신들의 역사를 만들어왔다면 지금, 현대도시의 공간은 무엇을 위한 것인가, 자문해야만 했다. 지금은 자본이라는 유일신이 거대한 도시를 거느리고 있다. 우리가 시골이나 자연 앞에 섰을 때 느끼는 자유로움, 새로운 기억을 만드는 시간은 도시의 유일신 자본으로부터 벗어나는 순간이기 때문일 것이다. 우리가 살고 숨쉬는 도시라는 공간이 어떤 형태가 되어야 하는지 우리 스스로는 오래전부터 알고 있었는지도 모른다. 다만, 그 자본이라는 거부할 수 없는 신이 도시를 지배하는바, 우리는 지금 종속적인 관계에서 벗어날 수 없는지도 모를 일이다. 역사를 지키는 것은 시간이 담긴 공간을 남기는 것뿐이다. 세계의 오래된 도시가 그것을 지금도 증명하고 있다.

첫번째 여행 때는 새해 벽두 비행기에 몸을 싣고 그리스로 떠났다. 직항이 없어 가는 길이 만만치는 않았다. 여지없이 프랑크푸르트공항에서 아테네로 들어가는 비행기는 두 시간을 연착했다. 각오했던 일이었지만, 초행길에 불안한 마음을 떨칠 수는 없었다. 비행시간과 공항에서 대기한 20여 시간, 새벽 2시가 넘어, 나는 고대의 도시에 안착했다.

언제나 그렇듯 삶에 찌들어, 산더미처럼 쌓인 밀린 원고 때문에 마음이 편치 않고, 여기저기 시간강사로 밥 벌어 먹고살다보니, 아무런 여유도 없는 시절을 지나고 있었다. 공항으로 떠나는 날 아침까지도 학생들 성적을 내느라 정신이 없었다. 어딘가로 떠난다는 것이 실감이 나지 않았다. 특히나 지난 학기에는 다섯 학교를 돌아다니며 강의를 하다보니 학생들의 학점을 내는 일만도 녹록지 않았다.

나는 아무런 준비 없이 비행기를 탔다. 그나마 스케줄도 겨우 마련한 것이었다. 어떻게든 되겠지, 하는 아무런 기대감도 없고, 준비도 없는 여행이 시작되었다. 오로지 내 머릿속은 마치지 못한 원고들 생각으로 가득 차 있었다. 비로소 아테네의 베니젤로스국제공항에 내리고서야 나는 먼 곳에 올 준비가 되지 않았다는 것을 깨달았다.

게으름은 일종의 불편함을 필히 동반하고야 만다. 나는 숙소도, 코디네이터에 대한 정보도 아무것도 준비한 게 없었다. 일단은 어쩔 수 없이 호텔에서 생활해야만 했다. 단 도심에서 벗어나 있어야겠다는 생각으로 아테네 시내에서 한 시간쯤 떨어져 있는 아테네 해안가의 한적한 곳에 방을 얻었다. 아테네 외곽의 글리파다 지역은 새로 중산층이 모여 사는 곳이다. 그곳은 국가의 위기와는 상관없는 듯 보였다. 뉴스에서 주로 보았던 그리스의 경제위기가 비껴간 듯 평화로운 인상을 풍겼다. 어느 곳이던지 국가가 처한 재난에 가장 출혈이 큰 사람들은 가난한 사람들이라는 것은 변함이 없는 것 같다. 지중해 해안가에서 한가로이 해수욕을 즐기거나 선탠을 하는 노인들, 내가 본 그리스의 첫인상이었다. 부두에 정박해 있는 럭셔리한 요트, 내가 받은 그리스의 첫 풍경이었다. 나는 아주 천천히 산책을 하거나, 요트를 구경하거나, 물에 들어가기에는 아직 추운 날씨였지만 아랑곳하지 않고 해수욕을 즐기는 노인들을 오래도록 바라보았다. 나는 조금 쉬고 싶었는데, 그러기에 글리파다는 안성맞춤인 곳이었다. 사흘은 날씨가 좋고, 나흘은 비가 오는 꼴이어서 날씨에 따라 외출을 하거나 방안에서 글을 쓰며 지냈다.

3주여간 나는 호텔 방안에서 꼼짝하지 않고 창밖으로 보이는 풍경을 바라보거나, 사람들을 관찰하며 지냈다. 확연히 떠오른 생각은, 그리스는 인생의 말년을 보내기에 더할 나위 없다는 것이다. 여유로운 노인들이 부러웠다.

3주가 지나고 도시 한복판에 아파트를 얻어 이사했다. 그 당시 그리스는 알고 있는 바와 같이 건국 이래, 가장 어려운 상황에 처해 있었다. 도시는 해안가의 마을보다 활기 넘쳤지만 계속되는 시위로 혼란스러웠다. 이방인의 여행자가 바라보는 것은 대부분 피상적일 가능성이 크다. 나는 신중하게, 오래된 도시를 천천히 걸어서 보리라 마음먹었다.

그들은 가족적이고, 혈육을 중시하는 민족이다. 그것은 좁은 의미로서는 편협한 민족주의적인 성격을 드러내기도 하지만, 넓은 가치로서는 '우리'라는 개념이 좋은 쪽으로 활용되고 있다는 얘기이기도 하다. 아테네국립대학에서 그리스 근현대사를 공부하고 있는 코디네이터는 그리스에 대한 첫 소개로 '이곳에는 고아가 없다'라는 말로 대신했다. 누구에게나 가족은 남아 있기 마련이고, 그 책임감을 누구도 거부하지 않는다는 말이었다. 이것은 한 나라 안의 거의 모든 사람들의 유대감을 강조할 만한 애기이기도 했다. 아주 먼 친척도 그들에겐 여전히 가까운 친척들이고, 대가족제를 포기하지 않는 그들의 생활방식이 우리의 눈에는 조금 구시대적인 것처럼 느껴질 수 있는 일일지도 모르겠지만, 그들이 고대에서부터 간직해온 가장 소중한 무엇을 끝까지 지켜내는 가치가 존경스럽게 느껴지기도 했다.

그리스는 유럽인가, 아시아의 끝인가? 끊임없이 스스로에게 물었다. 그도 그럴 것이 나는 종종 헷갈릴 수밖에 없었다. 그들이 고수하고 있는 가족의 개념, 생활방식의 가치는 동양적인 것이 많았고, 법과 시스템은 서양의 것이었으니, 가장 합리적인 것을 고수하고 있다고 얘기하면 과언일는지.

두 달, 가까이서 그들을 지켜본 결과, 뉴스에서 보도되는 것처럼 그리스는 그리 불안한 나라가 아니었다. 아니, 그런 일은 언제나 일어날 수 있는 일마냥 국민들은 평정심을 유지하고 있었다. 무엇보다 사회안전망이 한 번에 무너질 만큼 허술하지 않은 것이 가장 큰 장점이다. 우리가 복지라는 이름으로 부르는 것들이 그곳에서는 기본권에 속한다. 그리스로 떠나기 전 나는 어느 신문에서 그리스가 국가부도 사태에 직면한 것이 과도한 '복지' 때문이라는 기사를 본 적이 있는데, 가서 보니 그 얘기는 완전히 틀린 말이라는 것을 알 수 있었다. 우리에게 없는 것이니 복지라는 이름으로 부를 수 있을지 모르겠지만, 그들에게 의료나 교육은 가장 기본적인 기본권에 가까운 것들이다. 그들이 수천 년 전

문명을 일으키고 발전시켜왔던 가치의 준수인 것이다. 그들은 의료, 교육 같은 가장 기본적인 개인의 안전을 국가로부터 보장받고 있고, 이것은 그리스만 그런 것은 아니다. 유럽의 보통 나라와 다를 바 없다. 불안함을 떨치고 우리가 천혜의 아름다운 그리스의 풍경을 보아준다면 슬기롭게 위기를 극복하리라 믿어 의심치 않는다.

그리스가 가진 문화유적의 가치와 아름다운 풍경의 소중함을 어찌 설명해야 할지 난감하다. 그리스에는 아름다운 경치만 있는 것이 아니기 때문이다. 그 미적인 것에는 모두 고대의 시간이 담겨 있다. 인류 문명의 태동인 크노소스 유적과 아크로폴리스로 대변되는 정치와 철학의 정신, 종교와 신념에 대한 구현, 이 모든 것은 직접 눈으로 보고 느껴야지만 조금 짐작할 수 있는 것이다.

가장 신선했던 에피소드 하나만 풀자면, 크레타에 가야만 했다. 가장 존경하고 좋아하는 작가의 고향이기도 하고, 그가 잠들어 있는 곳이기도 하고, 좋아하는 소설적 무대이기도 했기에, 나는 크레타에 가야만 했다. 니코스 카잔차키스, '그리스인 조르바'를 찾아 나는 그리스에 온 것이라. 한데 비행기를 예약하려고 아무리 공항을 찾아도 '크레타공항'이 없었던 것, 나는 당황스러웠다. 코디네이터에게 전화를 해서 알아보니, 공항 이름이 '헤라클리온 니코스 카잔차키스 공항'이었다. 그러고 보니 아테네 공항 이름도 베니젤로스—그리스 독립을 이끈 정치가—공항이고. 나는 그리스 국민들이 문학과 정치에 대한 존경과 철학을 생활에 담아내는 그런 것이 조금 부럽기도 했다. 헤라클리온 성곽 위, 카잔차키스가 잠들어 있는 그곳에서 석양을 바라보았다. 태양이 완전히 허물어질 때까지 오래도록 앉아 있었다. 바로 옆, 축구장에서는 밤늦게까지 아이들이 공을 찼고, 사람들은 그의 묘지를 둘러 산책했다. 풍광 좋은 곳에 누워, 죽어서도 시민 바로 옆에 있는 그가, 정말이지 부러웠다. 위대한 소설가의 영면이란 바로 이런 것이 아닐까 생각해보았다. ❧

나를 내려놓는 여행

—몽골을 다녀와서

몇 주 전 형, 동생 하는 친한 작가 넷이서 몽골 여행을 하고 돌아왔다. 처음 가는 곳이어서 설레기도 하고, 마음에 은근 자리하고 있었던 몽골의 이미지가 친숙해서인지, 호감을 가지고 여행을 떠났다. 여행을 떠나기 전 몽골에 대한 인상은 사람들이 굉장히 순박하고, 한국 사람들에게 호의적이고, 문화적인 면에 있어서도 공통점이 많다는 것 등등 셀 수 없이 많았다.

　그런데 도착해보니, 웬걸 많은 것이 예상 밖의 일이었다. 먹는 음식부터 문화적인 것까지 모두가 낯선 풍경뿐이었다. 자연의 빛깔 말고, 도시의 풍경이 그랬다. 물론 몽골이 가지고 있는 초원의 풍경이야 정말 아름다웠다. 내내 하늘만 쳐다보며 시간을 보냈다. 언제나 보았던 하늘까지도 그 빛깔이 너무 황홀했기 때문이었다. 우리가 사는 세상이 태양이 떠오르며 시작된 하루의 색깔이 해가 질 때까지 그렇게 다채로운 빛 속에 있었다는 것을 처음으로 깨달았다. 눈앞에 쏟아지는 별빛과 하늘빛이 정녕, 현실인가 의심스러울 정도였다. 속으로 그림이나 사진을 하는 사람이었다고 한다면 조금은 절망을 느낄 만큼, 환영처럼 쏟아지는 파란 빛깔을 똑같이 재현할 수 없다면, 그런 감정이 생겨날 만큼, 대초원의 풍경이 아스라했다.

내가 너무 이질적으로 느낀 것은 도시의 색깔이었다. 사람들은 생각했던 대로 친절하지 않았고, 순박하지도 않았으며, 친숙한 것도 별로 없었다. 그들은 무뚝뚝한 표정에 성이 난 사람들처럼 인상을 쓰고 있었는데, 몽골 사람에게 물어보니, 자신들도 알고 있는 듯했다. 처음엔 부끄럼을 타서 그런가, 했는데 꼭 그런 것만은 아닌 것 같았다. 그들은 매사에 호전적이고, 싸움을 망설이지 않는 것처럼 느껴졌다. 물론 내가 오해한 부분도 있었겠지만, 돈 때문에 생긴 많은 갈등이 그들의 표정을 어둡게 하는 것은 분명해 보였다.

개인의 행복이 사람의 인품과 인성을 길들이는 것 같다. 몽골은 지금 매우 혼란에 빠져 있다. 국가경제가 위태롭기도 하거니와, 모든 것이 예전, 시장경제 도입 이전과는 다르기 때문이다. 그들이 정말 화가 나 있는 것은 다른 것에 있을 것이다. 행복하지 않은 것이 자본, 돈 때문이라고 생각하니, 마음이 답답했다. 우리와 별반 다른 상황은 아니었던 것이다. 돈 때문에 불행하여 인성이나 인품이 제약받는 것이야말로 가장 슬픈 일이 아닐까, 곰곰 해졌다.

그나저나 가장 놀랐던 것은 몽골인의 덩치가 엄청 크다는 것이었다. 그들의 몸집을 보며 오래전 그들이 말을 타고 쳐들어왔을 때 우리의 키 작은 선조들이 얼마나 무서웠을까 생각하니, 마음이 짠했다.

몽골 여행은 몇 년 동안이나 미루었던 여행이었다. 서울에서의 생활이라는 것은 바쁘다는 평계를 입에 달고 살던 시간이었다. 바쁘지 않으면 뒤처질 것 같고, 사라질 것 같은 두려움이 무너뜨린 여유에 대해 생각한다.

울란바토르에서 500여 킬로미터 남쪽의 고원 마을 어믄고비. 막 허물어지는 초원 위, 석양을 보며 되묻곤 했다.

"넌 뭐가 그리, 언제나 바쁘니? 진짜 바쁘긴 하니?"

밤 10시. 이제야 저녁이고 밤이라고 생각하니, 왠지 시간을 번 느낌이 들었다. 대자연 앞에서도 뭔가를 챙기는 데 익숙한 도시인의 습성이라는 것이 참으로 보잘것없어지는 순간이었다. 시간에 따라 변하는 하늘과 땅이 가진 빛의 변화에 황홀했다.

초원에는 오직, 초원만이 존재한다. 땅 위에 풀이 있고, 풀을 뜯는 양과 말이 있고, 그것을 돌보는 사람이 있다. 결국은 모든 생명들이 초원인 셈이다. 초원 위, 인간은 초원을 정복하려 하지 않는다. 울타리도 없다. 양떼와 말들은 가끔 물을 마시러, 소금을 먹으러 잠깐 주인집에 들른다. 볼일을 마친 가축은 다시 자신이 원하는 곳을 찾아 자유롭게 떠난다. 옆에 서 있던 몽골 친구에게 물었다.

"누가 훔쳐 가면 어떡해?"

"누가, 훔쳐요?"

돌아온 대답에 무안해졌다. 초원에는 초원만 존재한다는 것을 매번 까먹었다. 초원 위에 서서 나는 서울에 두고 온 그것을 고집하고 있었다. 그러고 보니 어느 날 있었던 일이 새삼 떠오른다. 우리나라 막걸리와 비슷한 '아이락'이라는 술이 있는데 말의 젖을 발효시켜 만든 술이다. 한 게르에 들렀을 때, 마침 가족은 양을 잡고 있었는데, 안주인은 갑작스럽게 찾은 우리를 마다하지 않고, 손님방에서 우리에게 말젖으로 만든 아이락(마유주)을 대접했다. 큰 대접에 안주인은 아이락을 가득 담아주었다. 우리는 그것을 돌려 마셨다. 그러던 중, 내가 살짝 몽골 친구에게 물었다.

"그런데 이분들은 돈은 어떻게 벌어서 사는 거야?"

"이분들, 돈 안 벌어요. 돈 벌 필요 없어요. 겨울에 양고기 먹고, 여름엔 양젖으로 만든 요구르트, 마유주 먹어요. 가끔 양하고 감자나 곡식하고 바꾸어 먹어요. 이 사람들 돈 필요 없어요."

나는 이해가 되지 않아서 뻔히 그 친구를 쳐다보았다.

"돈이 필요한 사람들은 도시에서 사는 사람들이에요. 저 같은 사람들요."

그가 고개를 떨구며 마유주를 마셨다. 그가 건네는 마유주의 맛이 시큼했다.

해가 지고 난 뒤에도 한참 동안이나 먹빛이 하늘에 돌았다. 내가 평생 바라보고 살았던 하늘, 남쪽을 바라본다. 신비한 하늘빛에 두고 온 하늘 아래, 내가 가진 것이 너무 많아 초라해지는 저녁이었다. 무엇을 위해, 무엇을 갖기 위해 나는 왜 그렇게 바빴던 것이었을까. 그게 정말 나 자신을 위한 건 맞았던 걸까. 멀리 떠난 후에야, 여행을 온 후에야 골똘해지기 시작했다. 돌아가게 되면, 한동안은 이런 생각으로 조금 여유가 생길까. 다시 왜 바쁜지 모르게 바빠지겠지만, 그래도 전보다 마음은 무엇인가를 놓는 연습을 하게 되면 좋겠다. 여름, 몽골 여행에서 얻은 소중한 것은 그런 기대감이었다.

몽골 사람들은 아직도 돈의 가치에 대해서 깨닫는 중이다. 공산주의 시절엔 몰랐던 일일 것이다. 양은 양이고, 말은 말이고, 초원은 초원인데, 이런 모든 것들이 돈으로 가치가 환원될 수 있다는 사실을 그들은 몰랐던 것이다. 그들은 아직도 자본으로 환원되는 상대적 가치에 대해서 배우고 있는 중이다. 이제는 게르 한 동과 시내의 아파트 한 채가 같은 가치가 될 수 없다는 것 정도는 그들도 잘 알게 되었다. 시장경제 도입 이전에는 똑같이 한 가족이 살아가는 집이라는 절대가치에 있어, 그것은 동등했었음에도 말이다.

몽골은 시장경제를 도입한 지 30여 년이 되어가고 있는데, 우리의 과거가 그렇듯, 영리하게 흐름을 잘 탄 사람들은 부자가 되기도 하고, 전혀 적응하지 못하고 우왕좌왕하며 극빈의 나락으로 떨어지기 쉬운 조금은 혼란스러운 때다.

그들의 모습에서 우리의 옛 모습을 본다. 우리의 선대들이 겪었을 혼란과 어려움을 그들의 모습에서 짐작해본다. 모든 가치를 돈으로밖에 환원시킬 수 없다는 것은 꽤 어렵기도 하고 난처하기도 한 상황임은 분명하다. 더군다나 그것을 처음 배우는 시간은 통제가 어려운 시기이기도 하다. 지금 몽골은 그리하여 줄곧 혼란스럽다. 모든 것이 옛날과는 달라졌기 때문이다. 벤츠를 타는 사람과 말을 타는 사람이 여전히 공존한다. 하지만 이제, 말과 벤츠의 가치에 대해 그들도 잘 알고 있다. 자동차가 필요한 사람은 자동차를 타고, 말이 필요한 사람은 말을 타던 시절과는 분명 다르다는 얘기이다.

시간이 지나면 그들도 우리처럼, 사랑이나 가족같이 돈으로 가치를 매길 수 없는 것까지 가치를 매겨 사거나 팔 생각을 할지도 모르겠다. 우리의 팔지 못할 게 없는 현실에서 돌아보면 말이다.

우리의 농촌에서 이제는 자연스러운 현상이 되어버린 다문화가정을 곰곰 생각해본다. 물론 대부분의 다문화가정이 단란하고 행복한 결실을 맺고 있다는 데에 부정할 생각은 없다. 허나, 알다시피 그렇지 못한 경우도 태반이다. 많은 허점과 문제들이 산재해 있는 것도 사실이다. 사람을 돈을 주고 외국에서 데려왔다는 생각이 문제를 양산한다. 사람, 사랑, 결혼은 돈으로 환원될 수 없는데도 말이다. 자본의 폐해는 바로 무형의 가치들을 자본으로 환원시켰을 때 발생한다. 이것을 지켜냈을 때야 시장경제의 참다운 실현이 가능하리라 믿는다.

한국의 현실을 보며 60년 후의 몽골을 그려본다. 그들에게 충고해주고 싶은 얘기가 있지 않을까. 팔 수 있는 것만 팔아야 한다는 것 말이다. 진리나 진실이 담긴 것은 사지도 팔지도 말아야 한다는 것 말이다. 🐾

서울의 인격

서울이 촌보다 더 촌스럽게 느껴질 때가 있다. 그것의 문제는 공간에 있지 않다는 데 내 생각은 닿아 있다. 도시의 분위기는 테마와 공간의 이미지가 만들어내는 것이 아니다. 개발을 통한 인위적 시도는 촌스러움을 극복할 수 없다. 현재 서울은 서울인가? 의문이 드는 것은 바로 이 촌스러운 인위적 시도에, 자행되고 있는 도시개발이라는 것에, 여러 곳에서 진행되고 있는 '디자인 서울'에 과연 문화는 존재하는가? 하는 의문과 겹쳐지기 때문이다. 지금의 서울은 서울이 아니다. 서울의 문화는 실체가 없으며, 이미지도 없다. 마치 거대한 공장의 모습이다. 있어야 할 부품이 있고, 기계를 돌리는 사람이 있고, 화장실이나 식당같이 꼭 필요한, 생활에 필요한, 일하는 데 필요한 공간만이 존재하는 공장의 이미지이다. 실용성만 강조하는 이 정부와 서울시의 책임은 분명 존재한다. 우리의 모습을 이렇게 촌스럽게 꾸며놓았으니까.

우리의 도시는 왜 이러한 모습인가. 도시가 촌티를 벗을 수 있는 유일한 방법은 도시를 영유하는 사람, 또 도시를 통치하는 사람들의 촌스러움을 극복하는 과정에서 찾을 수 있다. 실은 도시가, 서울이 촌스러운 것이 아니라, 현재 그 안에서 살아가고 있는 우리의 모습이 촌스러운 것이다. 그렇다면 왜 우리는 촌스러운가. 우리에겐 문화가 없다. 우리의 도시는 문화가 없다. 문화가 없기에, 촌스러운 것이다. 혹자들은 의문을 품을 것이다. 매주 주말이면 청계천광장과 서울광장에서 행해지는 각종 문화행사와 그 밖에 도시 전역의 거리에서 행하는 공연과 볼거리를 보지 못한 것이냐고. 그렇다, 기억에 남는 장면이 없다. 서울 곳곳에서 행하는 잡다하고, 촌스러운 문화행사들, 시민들을 위한다지만, 시민들 볼 것 없고, 갈 곳 없어, 어쩔 수 없이 찾는 것은 아닐까. 우리의 문화행정은 시민을 위해 영유할 수 있는 거리를 제공하는 것이 아니라, 그냥 돈을 쓰는 것이다.

도시의 문화는 느낌이지, 보는 것이 아니다. 서울을 느끼고 만끽하고 싶다. 촌스럽지 않고, 세련된, 유흥과 문화를 혼동하지 않을 만큼만의 수준, 나는 서울에게 그것을 바란다. 이미 시민의 수준은 준비되어 있다.

전시(展示)와 행사(行事)의 반대말을 찾다가 포기해버렸다.

실질(實質)과 상시(常時) 정도가 될까? 이것이 도시가 가져야만 될 문화가 아닐까. 언젠가 외국 작가들과 서울에서 작가대회를 한 적이 있었다. 서울을 처음 찾았고, 생소한 이 도시에 대해 물었다. 무엇을 보아야 하고, 어디를 걸어야 하고, 무엇을 느껴야 하는지 외국 작가들이 물었다. 나는 뚜렷한 대답을 내놓지 못했다. 그들의 도시를 몇몇 가본 적이 있는 나는, 그들의 물음이 무엇을 뜻하는지 잘 알고 있었기 때문이었다. 그들 도시의 수준을 나는 잘 알고 있어서, 조금 창피한 느낌이 들었던 것도 사실이다. 그러나 나는 대답을 못 해서 당황한 것이 아니었다. 내가 놀란 것은 이 도시에, 거의 20년을 살아온 서울에 대한 자부심이 스스로 별로 없다는 데 있었다. 이태리에서 온 한 작가가 건들거리면서 말했다. '홍대에 가야만 해요. 거기에 클럽, 아시아에서 제일인 클럽이 즐비하대요.' 클럽문화를 비하하는 것이 아니라, 나는 서울이 하나의 이미지를 가져야 한다면, 클럽문화가 대표성을 갖는 것을 거부하고 싶다. 물론 외국 사람을 신경 쓰기 위해 문화적 콘텐츠를 가질 필요는 없겠으나, 서울은 놀기 좋고, 밤을 즐기기에 적합한 이미지의 오명은 씻어내면 좋겠다.

그들의 말엔 문화적 우월감이 가미된 비아냥거림이 숨어 있다. 나는 서울이 좀더 고전적이고, 예술적 미를 가진 도시가 되었으면 하고 바란다.

우리는 모두 도시에 있거나 그 밖에 있다. 도시는 하나의 인격체이자 삶이다. 도시는 롤모델을 삼아야 하는 상황을 만들기도 하고, 고독과 실패와 좌절로 얼룩진 개인들의 암울한 상황에 맞선 단독자의 형상을 가진 인간의 삶을 만들어내기도 하며, 이 모든 것을 주관하는 주체자이기도 하다. 이 거대한 괴물이야말로 진정한 모든 이들의 롤모델이다. 도시는 그래야만 한다.

도시의 생리와 혈류를 알지 못하는 자, 기생하지 못하는 자에게 위대한 삶은 허락되지 않는다. 부패와 소멸, 생성과 생명이 뒤섞여 발현되는 역동적인 삶의 표본으로 우리는 도시를 이해해야만 한다. 도시는 곧 현실이기 때문이다. 정치와 경제와 예술이 뒤범벅되어 하나의 생명체를 이루고 있는 도시를 우리는 만들어야만 한다. 현실 안에 병폐가 있고 대안이 있음으로 우리는 도시를 배워야 하고 알아야 한다. 좋은 예든, 나쁜 모델이든 우리가 따라잡아야만 하는 '롤모델'은 이 도시가 키우고 있기 때문이다. 더불어 생존을 알려주는 것 또한 도시이기 때문이기도 하다. 도시는 때로 사람들로 하여금 전쟁을 낳기도 하고, 인류애를 건사하기도 하며, 바깥의 종교를 고집하게도 하지만, 이 모두는 도시가 존재함으로써 인간이 가진 모든 갈등을 조장한다. 이는 곧 태고 신의 역할임이 분명하다. 신이 사라진 자리를 도시가 대신하고 있음이다. 아주 오래전 롤모델이라는 단어가 생기기 이전부터 우리가 찾는 답은 있어왔다. 인간은 오로지 신만을 동경하고 동조하며 롤모델로 여긴다. 결국 이 시대의 롤모델이라는 것은 새로운 신을 찾는 미물들의 찬가인 것이다. 여기 롤모델로 삼을 만한, 언제나 우리의 롤모델이었던 현대 유일신 '도시'가 있다.

유일신 도시가 인간에게 진정 신이 되려면, 앞서 말했듯 문화의 신이 되어야 한다. 문화는 이미지이기 때문이다. 문화는 도시라는 신의 모습이어야 한다. 잠깐 한시적이고, 즉흥적인 것이 아니라, 얼굴이 바뀌지 않는 영원의 시간, 인간과 함께할 모습이어야만 한다. 이 모든 노력의 종결은 바로 '시간'에 있다. 정치적 논리나 목적이 배재되어야만 하는 이유이다. 🌣

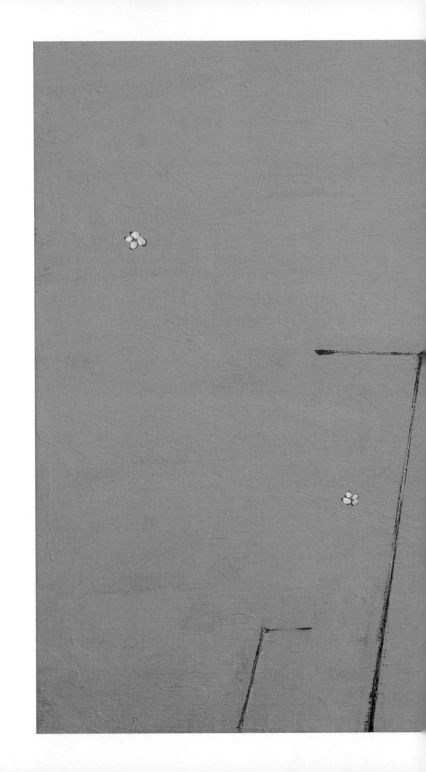

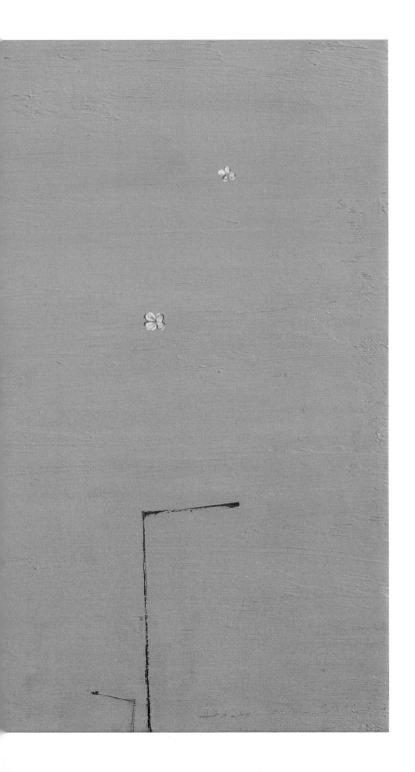

내가,
나에게

공존의 이유

친하게 지내는 문인 후배가 아이를 낳았다. 일주일이 멀다 하고 만나는 사이였고, 주말마다 운동도 같이하는 자주 보는 사이여서 결혼한 후 아내가 임신하고, 아이를 기다리는 시간을 가까운 곳에서 보았던 터였다. 볼 때마다 그에게 산모는 건강한지 아이를 낳으려면 얼마나 남았는지 안부를 묻곤 했다. 예정일에 그가 다급하게 아이를 낳으러 병원에 간다는 소식을 SNS상에 전했고, 같은 마음으로 한 생명의 탄생을 응원하며 기다렸다. 그런데 아무리 기다려도 소식이 없었다. 혹 무슨 일이 생긴 것이 아닌가, 초조한 마음이 들었다. 그렇다고 대놓고 물어볼 수도 없는 일이었다. 얼마의 시간이 지나고 그가 SNS에 글을 하나 올렸다. '받아들이기 힘들었습니다. 시간이 필요했'다는 문장으로 그는 덤덤하게 자기의 딸이 장애를 안고 태어났음을 알렸다. 다운신드롬이라 했다. 처음에 그 소식을 접한 지인들도 당황했다. 이 땅 안에서 장애인으로 살아가는 것이, 본인뿐만이 아니라, 가족 모두에게도 얼마나 큰 고통이 따르는지를 모두 잘 알고 있기 때문이었다. 아비로서 그가 힘을 잃지 않게, 이제 갓 태어난 아이가 생명의 의지를 놓지 않기를 두 손 모아 마음을 모았다.

이후 간간 그는 SNS에 아이의 소식을 전했다. 백일도 안 된 아이가 병원에서 자기가 짊어져야만 하는 장애와 싸우고 있음을 안타까운 마음으로 바라보았다. 후배는 금세 기운을 되찾는 것 같았다. 막막한 상황에서의 사랑은 늘 가장 큰 힘이 된다. 사랑은 무엇보다 고통과 고난의 저 반대편에 있다. 신혼인 그들이 아이를 통해 하루하루 더 큰 사랑으로 거대해지는 모습을 보니, 뿌듯하기도 하고, 자랑스럽기도 했다. 이제는 처음에 들었던 우려 같은 것이 생기지 않았고, 듬직했고, 이후는 걱정이 없었다. 아이에겐 부모의 넘쳐나는 사랑이 거대해지고 견고해지고 있으니, 아무렴 아무 걱정이 들지 않았다.

편견이라는 것은 '다르다'라는 단어의 몰이해에서 출발한다. 우리 사회의 그 '다르다'라는 기준은 정상이라는 어떤 선의 테두리 안에서만 이루어지기 때문에, 편협할 수밖에 없다. 특히 굴곡진 역사의 피해의식은 정치적인 것에만 영향을 미치는 것이 아니라, 상황이나 현상에 대한 인식에도 큰 편견을 주었음을 부정하지 않을 수 없겠다. 우리들에게는 언제나 다수 안에서의 존속감이 필수적인 것으로 여겨졌기 때문이다. 많은 사람들이 모인 쪽이 언제나 옳지 않지만, 다수라는 존속감은 소수가 가진 정의로운 생각들마저 비정상적인 것으로 간주하기도 한다. 언제나 대결 구도의 역사는 우리에게 이러한 폐해를 남긴 것이다.

장애에 대한 인식도 다르지 않다. 특히나 정상이라는 개념은 비정상의 반대인데, 과연 이것을 사람에게 쓸 수 있는 말인가부터 재인식이 필요한 부분이다. 사람에겐 정상이나, 비정상이 있을 수 없다. 그저 조금 다를 뿐이다. '다르다'의 개념은 그저 상대적인 것이지, 절대적인 것의 기준에서 멀다는 의미가 아닌 것이다.

이제 정말이지, 우리는 이 다수의 정상과 소수의 비정상을 가르는 이분법적인 사고와 작별할 때가 되었다. 절대적인 기준은 이분법 말고는 설명이 불가한데, 우리 사회를 이제는 그렇게 설명할 수도, 인식할 수도 없는 시대가 되었기 때문이다. 선진적 인식은 다름 아니다. 모두가 상대적인 다름을 인정하는 것 그것이 전부이다.

최근에 제주에서 한 달여를 보냈는데, 그곳에서 굉장히 괜찮은 카페 하나를 발견했다. '플로베'라는 곳인데, 사회적기업인 일배움터에서 운영하는 곳이다. 일배움터는 제주가톨릭복지회가 운영하며 장애인들의 사회적 진출을 돕는 기업이다. 플로베는 차만 파는 것이 아니라, 재배한 꽃도 함께 파는 플라워 카페이다. 일반인 매니저 한 명과 장애인 직원 서넛이 서빙을 했는데, 이제껏 그렇게 아름답고 편안한 카페를 본 적 없었다. 마음만 그런 것이 아니라 실제로도 인테리어나 찻잔 같은 소품도 하나하나 눈여겨볼 만큼 센스가 넘쳐났다. 물어보니 일배움터에서 직접 제작한 것이라 했다. 플로베가 마냥 기분 좋은 것이 이것도 하나의 편견인가, 곰곰 해졌다. 그럼에도 그곳에 다녀온 것을 알리고 싶은 마음이 들어 몇 자 풀어놓는다.

플로베(flove)는 'flower'와 'love'를 합성해서 나온 말이라 한다. 꽃향기 가득하고, 사랑 넘치는 정원 플로베, 제주에 들를 일 있으면 한번 가보시길. '공존'은 이유와 가정이 필요 없을 때 가장 아름답다는 것을 그곳에서 느낄 수 있었다. ❧

가구(家具)의 힘*

이사를 준비중이다. 15년여를 살았던 서울을 떠나 인근 신도시로 이사를 가게 되었다. 면목동, 남가좌동, 홍은동, 구기동 그동안 이사 다녔던 동네와 집들이 아련한 추억과 기억으로 꿈틀 아직도 살아 움직이는 것을 느낀다.

서울이나 다름없는 서울과 아주 가까운 신도시이지만 서울을 떠나게 된다는 어감이 많은 상실감을 안겨줄 줄은 생각지도 못한 일이었다. 돌이켜보면 서울에 와서야 끊임없이 욕망하는 것을 배웠고, 뭔가에 욕심낼 줄 알게 되었다. 상실감이란 그것을 채우지 못한 실패에서 오는 감정. 고로 어머니가 꾸중처럼 내뱉는 '너는 서울 사람 다 됐어'하는 말이 비로소 실감났다.

_____

* 박형준의 시 「가구(家具)의 힘」에서 제목을 따옴.

언제부턴가 내게 이사는 욕망을 실현하는 가장 손쉬운 일례였다. 헌것을 버리고 새것을 탐하는 욕심. 이 욕심은 이사하자마자 보다 나은 집을 준비하고 많은 가구들을 꿈꾸게 하며 이사오기 전 기대했던 설렘을 순식간에 물거품으로 만들곤 했다. 이런 것을 잘 알면서도 나는 더 나은 집으로의 욕망을 꿈꾼다. 며칠째 밤까지 새워가며 새로 이사할 집에 채워넣을 가구를 고르고 있는 자신을 보고 있노라면 이젠 서울에서 키워낸 욕망의 노예가 다 되었음을 느낀다.

가구는 "세월에 닦여 그 집에 길들"은 "추억의 힘"이라고 노래했던 한 시인의 가구론이 새삼 내 손쉬운 욕망을 책망하는 듯 잠시 머문다. 나는 여전히 그 아름다운 시집들을 꽂아넣을 책장을 고르는 데 여념이 없다. 내게 가구는 어쩔 수 없는 욕망의 힘이다. ❧

예식장 갈비탕

사람들은 왜 아직 결혼하지 않았느냐고 자주 묻는다. 때마다 나는 머리를 긁적이며 말을 피하든가, 궁여지책 마련한 조졸한 대답은 '아직 준비가 덜 되어'서라고 얼버무리기 일쑤다. 결혼하려면 정말 준비할 것이 많다는 것 정도는 노총각인 나도 잘 알고 있다. 일단 결혼할 여자가 있어야 하겠는데, 때마다 사람들은 여자 많잖아, 반문한다. 말이 쉽지, 결혼할 사람을 구하는 것이 어디 쉬운 일인가. 결혼할 여자를 구한다는 말 자체가 좀 이상하지 않은가. 지방 소도시에 사는 엄마는 언젠가부터 사람들에게 큰아들 얘기는 가급적 하지 않게 되었다, 내게 원망의 눈빛을 담아 말한 적이 있다. 아직 결혼하지 않은 내가 시골 사람들 짐작으로 무슨 문제가 있겠거니 하기 때문이라 했다. 전화를 해선 자주 '너를 무슨 흠 있는 사람 취급한'다며 흥분의 도가니를 쏟아내면, 나는 '흠이 있지, 이름에도 들어가 있'지 않냐 농으로 답하던 시절도 벌써 여러 해 전이다. 올해 나는 사랑스러운 마흔이다.

결혼을 하는 데 있어 결혼할 상대만 있더라도 많은 준비가 끝난 것처럼 생각되지만, 천만의 말씀인 것을 이제 모두 안다. 지금의 결혼은 사람보다 더 준비할 것이 많아졌다. 결혼하면 무엇보다 함께 살 단단한 집이 필요하고, 집을 채울 가구며 살림살이도 있어야 하겠고, 결혼할 사람과 아이들에게 필요한 돈도 있어야 하지 않은가. 아무리 글쟁이가 살 만한 시절이 되었다고 하나, 이 한 몸 먹고, 놀고, 여행하고, 건사하는 것이 쉽지 않은 터라, 결혼은 미룰 수 있으면 미루고, 하지 않아도 좋은 것이라 혼자 위안 삼으며 지낸 지 이미, 오랜 시간이 되었다.

무엇보다 그런 것이 다 갖춰진다고 하더라도, 나는 좀체 용기를 내어볼 수 없는 딜레마가 있으니, 그것은 바로 '신랑 입장'이라는 것이다. 이것은 예식장이 만들어낸 무시무시한 한 편의 스펙터클 호러의 한 장면처럼 나를 움츠러들게 한다. 나는 부끄럽다.

우리의 결혼식은 물론 둘에게, 양가 친척들에게 의미 있음을 부정하기 힘들다. 의미 있고, 성스러운 일임이 분명하다. 허나, 예식장에 모인 구경꾼의 입장을 고려하여, 그 주인공이 된다고 생각하면, 이것은 참기 힘든 공포에 가깝다.

우리의 결혼식엔 너무 쓸데없는 사람들이 많이 모인다. 아니, 부른다, 초대한다. 둘만의 사랑 퍼포먼스에 벌써 몇십 년째 동원돼 구경꾼으로 앉아 있어보았던 경험으로, 나는, 단, 한 번도, 아름다운 결혼식을 본 적이 없다. 호텔에서 화려하게 치러지는 결혼식도, 강남의 잡기 힘들다는 예식장에서 유명 가수가 부르는 축가에도 아무런 감동도 받은 적이 없다. 그저, 결혼식에 다녀와서 하는 품평이라는 것은, 신부가 얼마나 예뻤는가, 하는 것과 신랑의 직업은 무엇이었는가, 하는 것과 맛없는 음식에 대한 불평이 전부다. 우리의 결혼식은 그저 돈놀이에 불과한 것처럼 보이는 것이다.

우리의 예식장은 이미 이것을 오래전에 알아차렸다. 하객들이 살짝 신랑이나 신부와 눈인사하고는 바로 식당으로 직행한다는 것을, 그저 갈비탕에 맛있게 조미료를 듬뿍 넣어 내놓으면 된다는 것을, 결혼하는 당사자와 가족 몇을 제외하고는 이 결혼에 관심 없는 것을, 우리의 예식장은 이미 오래전에 알고 있었던 것이었다. 아무도 관심이 없으니, 결혼식을 점점 속성으로 하게 된 것일지도. 아래위층, 동시에 짜인 타임에 맞춰 진행되는 것이었다. 결혼식이라는 것이 하고 난 다음에 불만을 제기해봐야 별 소용이 없다는 것을 예식장은 알고 있었다.

아주 오래전, 내가 결혼이라는 것을 상상할 수 있을 만큼의 나이였을 때, 내가 그리는 결혼식의 풍경 하나로, 천장이 높은 교회라든지, 성당이라든지, 아예 천장이 없는 하늘 아래 정원 같은 장소를 떠올리곤 했었다. 다른 이유는 없었다. 높은 공간만큼 신랑과 신부는 작아 보일 테고, 그것이 조금은 성스럽게 보이지 않을까 해서였다. 어쨌든 신 앞에서 사랑을 맹세하는 것이니, 의미도 있겠다 싶었으니.

우리의 예식장은 번거로움의 대명사가 되어버렸다. 예식장 주변 도로는 주말이면 엄청난 정체에 시달린다. 주말이면 예식장이 몰려 있는 곳 근처에 갈 엄두가 나지 않는다. 하루에 몇 번의 결혼이 진행되고 수백, 수천의 사람들이 예식장을 방문한다. 예식장은 하객들을 밀어내고, 또 다른 하객들을 받기 위해 부산하다. 어렸을 적만 해도 예식장은 조금 특별한 곳이었다. 드물었기 때문이었다. 장례식장도 마찬가지였다. 어렸을 적, 외삼촌, 이모들의 결혼이 떠오른다. 기억이 가물가물하지만 모든 결혼식은 교회에서 했다. 외가 친척들이 둘러앉아 밤새 음식을 준비하던 풍경이 떠오른다. 마당에 차린 천막 안에서 오래, 오래 앉아서 음식을 즐기던 하객들이 떠오른다.

우리의 예식장은 간편하고 편리함을 위해 애용되지만, 이제 간편하고 편리하다고만 얘기할 수 없을 것 같다. 예식장은 우리가 만들어낸 이상한 동물의 형상으로 이미 변해버렸다. 줄 서서 결혼하고, 줄 서서 축하하고, 줄 서서 밥을 먹는 일이 자연스럽지 않다는 생각이 든다면, 자본의 입맛에 길들은 예식장이라는 동물의 형상을 이미 본 것이다. 예식장은 입을 벌리고 가만히 앉아서 주말이면 미어지게 입속으로 쳐들어오는 우리를 아무 감정 없이 먹어치운다. 우리가 결혼이라는 성스러운 의식마저 돈의 편리함이나 간편함이라는 자본의 순리에 먹잇감으로 스스로 내놓은 결과일 것이다. 그러니, 예식장 갈비탕이 맛있을 수가 없다는 것, 그것은 결국 예식장이 음식을 먹고 내뱉는 트림 같은 것이다. 🐾

정미조와 빈지노 사이

1980년, 옛날 살던 집 다락에는 아버지가 젊은 날 탐닉했던 것들이 무덤처럼 쌓여 있었다. 나는 그곳에 숨는 걸 좋아했는데, 먼지를 뒤집어쓰고 위태롭게 쌓여 있던 책 기둥 사이에 누워 어린 날의 나는 어느새 한가로운 낮잠에 빠지곤 했다. 아련하게 들리는 나를 부르는 젊은 엄마의 목소리, 막 걸음마를 떼기 시작한 남동생의 웅얼거림과 다락으로 오르는 계단이 무서워 문 앞에서 나를 기다리던 여동생의 모습이 지금도 기억 속에서는 여전히 살아가고 있다. 글을 읽을 줄 모르던 때라 나는 아버지의 책을 찢어서 곱게 딱지를 접곤 했다. 오래된 종이 냄새 가득한 그곳에 수십 장의 엘피판도 한 켠에 자리잡고 있었다. 한 번도 그것을 들은 적은 없었다. 고장이 나서 라디오만 나오던 전축은 흑백 TV 받침대로 쓰이고 있었다. 부엌을 입식으로 만들며 없어

4부 내가, 나에게

진 다락과 함께 그것들, 아버지의 청춘도 사라졌다.

내 기억에, 노래라는 것은 아버지의 것이고, 엄마의 것이었다. 기억의 맨 처음에 동생들에게 불러주던 아버지와 엄마의 자장가, 동요가 있다. 변소가 밖에 있던 시절, 똥 누면서 아버지가 부르던 가곡을 나무로 된 변소문 앞에 삼형제는 모여 앉아 듣곤했다. 한겨울 석유곤로에 밥을 지으며 어머니가 부르던 찬송가, 뜨끈뜨끈한 아랫목을 파고들며 잠에 빠져들었다. 석유 냄새와 밥 짓는 냄새가 향긋하게 풍겨오던 시절, 까마득한 옛날이 되었지만 지금도 눈감으면 보인다, 들린다.

1985년, 우리 삼형제는 모두 피아노를 쳤다. 내가 초등학교 5학년 때였다. 모두 동시에 시작했기에 커서는 그 실력의 차이가 모두 달랐는데, 제일 어린 남동생은 1학년, 여동생이 3학년 때였다. 나는 중학교 2학년 때까지, 동생들도 고등학생이 될 때까지 피아노를 쳤다. 그래서 그런지 이후에 모두 클래식을 주로 들었고, 그것은 하나의 습관처럼 되었다. 엄마의 꿈이었던 피아노가 들어오던 날이 생생하다. 누군가는 그 꿈을 이루었어야 하는 게 아닌가 싶게 우리 가족은 피아노 옆에서 매일 음악회를 열었다. 아버지는 동생들을 졸라 반주하게 하고, 목청껏 가곡을 불렀다. 그 무렵, 나는 클래식을 버리고 가요를 듣기 시작했다. 내가 다니는 중학교에는 아무도 클래식이나 가곡, 찬송가를 듣는 친구들이 없었기 때문이었다. 이문세를 들었고, 죽은 유재하를 만났으며 산울림, 들국화에 빠졌다. 전교조 사무실에서 배운 민중가요를 큰 비밀을 나만 알고 있다는 듯, 자랑스럽게 부르곤 했다. 음악적 취향은 점점 넓어져서 바다를 건너 마이클 잭슨과 마돈나, 조지 마이클을 알게 됐고, 퀸의 앨범을 복사한 테이프가 보물 1호가 되었다. 푸른하늘과 하덕규, 시인과 촌장을 좋아하게 되었다.

2022년 여름, 아제르바이잔, 조지아 여행을 마치고 막 도착한 직후였다. 모르는 번호로 전화가 왔다. 망설이다가 받았더니 오랜만에 듣는 동료 작가의 반가운 목소리였다. 가요에 대한 글을 써달라는 부탁이었고 나는 흔쾌히 쓰겠다, 했다. 나름 잡다하게 장르 안 가리고 음악을 듣다보니 그중 쓸 게 없겠나 싶었다. 그즈음에는 제가 10대, 20대에 즐겨 듣던 음악을 유튜브로 다시 찾아보며 밤새 추억에 빠져 아침을 맞기도 했었으니까. 무엇보다 그렇지 않아도 1년 넘게 완전히 꽂혀 있는 앨범이 있기도 했고, 그중 한 노래의 가사 한 줄을 모티프 삼아 얼마 전에는 단편소설도 한 편 썼던 터라, 술술 글이 나올 줄 알았지만, 낭패였다. 음악은 계속 듣는데 뭔가 쓸 수가 없었다. 노래는 듣는 것인데, 들으면 그만인데 말이다. 행여 어쭙잖은 글이, 헛소리가 늘어날까 걱정이었다.

혹 내가 쓰고 싶은 노래에 대해 누군가 이미 써버렸으면 어쩌지, 조마조마하며 조심스럽게 그간 다른 작가들이 썼던 글들을 찬찬히 읽어보았다. 다른 글을 다 읽어보았더니 더 아무것도 쓸수가 없었다. 그 핑계로 이렇게 저렇게 하루하루를 미루다가 더는 갈 곳이 없어진 후에야 한밤중 독서실을 찾았다. 책상에 정자세로 앉아 노래들을 듣기 시작했다. 음악은 정말이지 신기하게, 과거를 선명하게 해주는 약 같다. 몇몇 오래전에 들었던 음악을 찾아 듣다보니 어느새 그 시절로 돌아가 있었다. 그때 만나던 사람들, 추억들이 들려왔다.

1990년, 고등학교에 들어가서는 중학생 때 듣던 가요를 버리고 록에 빠졌다. 수학 과외를 음악으로 대신했다. 수백 장의 엘피판 앞에서 수학 과외 선생과 그날 들을 앨범을 고르곤 했다. 시끄러운 음악을 틀어놓고 수학 공부를 했다. 오지 오즈본과 랜디 로즈, 딥 퍼플, 롤링 스톤스, 핑크 플로이드 같은 그룹을 좋아했다. 재수하면서 서울로 가게 되었는데, 너바나와 X, 건스 앤 로지스의 광적인 팬이 되었다. 록의 시대는 정말이지 짧았다.

1994년, 대학에 가면서부터는 민중가요를 주로 들었다. 꽃다지, 천지인, 안치환, 그리고 김광석, 고백건대 20대엔 그의 노래가 주류였다. 힙합, 인디밴드, 댄스음악 등 장르도 다양해지고 들을 것도 많아졌다. 2000년대 시작과 함께 나는 등단했다.

음악을 주로 글을 쓸 때 듣게 되었는데, 과장하면 글을 쓸 때만 음악을 들었는데 새로운 관심은 힙합에 관한 것이다. CB Mass, 드렁큰 타이거, 허니패밀리, 윤미래를 주로 들었다.

　과거를 되짚어보다가 이런 걸 말해서 뭐, 어떡하나, 그런 생각이 들었다. 음악은 정말이지 개인적이어서 더 그렇고, 딱히 떠올리고 싶지 않은 무엇이 더 크기도 하고 그래서였다. 지금, 누군가 내게 어떤 가수를 제일 좋아하냐고 묻는다면 2014년부터 쭉 '에피톤 프로젝트'를 좋아한다고 답할 것이나, 이유를 물으면 입을 다물 것 같다. 좋아하지만 잘 듣지 않으니 그것은 추억과 기억의 한 자리로 남아버린 게 맞을 것이다. 대신 정말, 내가 요즘 반복해서 듣는 음악이 과거나 기억으로 남은 게 아니니 내가 가장 사랑에 빠진 것이 아니던가, 그런 생각이 들었다.

　내가 1년 넘게 글을 쓸 때마다 반복해서 듣는 앨범은 정미조의 《바람 같은 날을 살다가》이다. 〈개여울〉〈귀로〉〈휘파람을 부세요〉를 불렀던 그분의 최근 새 앨범이다. 발매일이 2020년 11월이니 최근이라고 할 수는 없기도 하겠다. 하지만 가수의 관록을 생각하면 비교적 최근이 맞을 것이다. 정미조의 노래를 듣자면 슬픈 풍경을 보고 있는 느낌이 든다. 시간에 대한 관조라는 것은 그런 의미일 것이다. 오래전에 불렀던 노래도 그렇고, 2015년 복귀 후 낸 세 장의 앨범에 수록된 노랜 전부가 다 그렇다. 그 말 말고는 할말이 없는데, 슬픔도 곰곰 해지면 이유를 찾을 수 있을지 모르겠다 싶다.

요즘 음악은 비주얼과 비트, 반복되는 후렴구의 비중이 크고 가사는 찾아 읽어보지 않으면 알기 어려운데, 정미조의 노래는 다르니까. 그녀의 노래엔 요즘의 화려한 사운드가 없다. 대신 가수의 목소리와 가사가 있다. 사운드는 가수의 목소리를 침범하지 않는다. 그건 정말이지 한번 들으면 혼을 빼앗아가는 요즘의 것과는 다른 세계를 만난 것과 같다. 때때로 그런 음악들이 주는 희열도 있지만, 어쨌든 오히려 그와는 다른 세련된 새로운 사운드라고 할까. 사람의 목소리가 들린다. 감정이 읽히고 느낌을 보게 된다. 말했듯이 아주 슬픈 그림 앞에 서 있는 기분이 든다. 무엇보다 정미조의 목소리가 너무 젊어서 그런 걸까. 혹여 그녀가 왕성하게 활동했던 70년대 감성이 느껴지기도 해서 그런 것일 수도. 하지만 옛날의 감성이 아니라 현재의 감성이어서 그 울림이 더 크기만 하다.

그대 웃음 위로 맑은 햇살 퍼지니
오늘은 우리 헤어지기 좋은 날
함께했던 날에 입맞추며 감사를
다가오는 날들 앞에 축복만이 있길
그대 가는 그 길이 강물처럼 흘러서

바람보다 더 멀리 자유롭게 가길

그대 가는 그 길이 내 맘으로 이어져

어디서든 언제든 아주 잊지 않길

그댈 보는 내 맘 부족함이 없으니

오늘 우리 헤어져도 괜찮을 것 같네

—〈석별〉(정미조 노래, 전진희 작곡, 이주엽 작사)

　노래는 시다. 시는 노래다. 정미조의 노래를 들으면 우리 형제들이 변소 앞에 쭈그리고 앉아서 아버지의 노래를 듣던 그 맨 처음이 떠오른다. 그럴 만큼 시간이 많이 흘렀고, 이 노래를 이해할 수 있는 나이가 되었다는 것, 슬프지만 참, 아름답다. 그런 기억이 있어서, 그 풍경을 떠올리게 하는 이런 노래들이 있어서 말이다. 나는 가사 맨 마지막 한 줄을 모티프 삼아 치매 부인을 보살피는 남편의 이야기 「일몰」을 썼다. 언젠가 우리 모두에게 다가올 그날을 상상하면서 말이다.

　며칠 전부터 허공에 시선을 두고 거실을 서성이던 아내의
모습이 떠오른다. 그녀는 선규를 보고 있었던가. 아름다움
은 먼 곳에 있지 않다. 익숙하고 오랫동안 알아 왔던 풍경
이 가장 아름답다. 현재를 함께 사는 것이 가장 행복하다.
그날은 매일 우리에게 꿈처럼 다가올 것이다. 현실인지 잠

속인지 구분도 할 수 없게 말이다. 그렇게 왔던 곳으로 돌아갈 것이다. 소리 없이 눈이 쌓인 밤이라면 더 좋을 것이다. 눈 쌓이는 소리 들으며 우리는 함께 돌아갈 것이다. 그게 우리의 마지막 현재일 것이다. 그날 제주에서 보았던 눈 세상을 더 밝고 환하게 비추던 달빛처럼 말이다. 오늘, 누구하고든 헤어지기 좋은 날이다.

―「일몰」(『대산문화』 2022년 봄호) 중

독서실에서 집으로 돌아오는 새벽 4시, 나는 음악을 바꾼다. 빈지노의 〈Break〉에 맞춰 발걸음도 씩씩하게, 심호흡도 하면서 2022년, 어떤 하루의 마감을 서두른다. 바삐 발걸음을 집으로 향한다. 내 하루는 그렇다, 정미조와 빈지노 사이에 항상 놓여 있다. 음악과 이렇게 만나게 되면, 이만하면 하루하루의 필연이라는 말씀.

난 자유롭고 싶어
지금 전투력 수치 111퍼
입고 싶은 옷 입고 싶어
길거리로 가서 시선을 끌고 싶어
내가 보기 싫은 새끼들의 지껄
닫아버리고 내 걸 열어주고 싶어

그래 할말은 하고 살고 싶어

그래 그래서 내게 욕을 하나 싶어

신경 꺼 난 사랑하고 싶어

너도 나라도 아니고 날 말야

다른 나라라도 날아가고 싶어

일이라도 때려치워버리고 말야

난 난 일을 하기 싫어

기계처럼 일만 하며 고장나기 싫어

Yeah 난 그러고 싶어

그게 나쁘던 좋던 말야

그게 나쁘던 좋던 만약

—⟨Break⟩(빈지노 노래, Wall E 작곡, 빈지노 작사) 중 🍂

테니스

알다시피 공은 둥글다. 공은 곡선을 지향한다. 공의 궤적은 부드럽고 완만하게 떠올랐다 내려앉는다. 공을 가지고 하는 운동 대부분은 공이 그리는 곡선의 아름다움으로부터 매료되기 시작한다. 하지만 곡선은 힘이 약하다. 그래서 멀리 보내는 시합이 생겼을 테고(던지기, 골프) 상대 골대에 집어넣고 막는 스포츠(농구, 축구)가 생겨났다. 그리고 네트를 치고 도구를 사용해서 공을 보내고 상대가 받지 못하고 돌려보내지 못하면 지는 경기(배구, 테니스, 탁구 등)가 등장했다. 그리하여 공을 가지고 하는 스포츠에서는 곡선을 지향하는 공을 직선으로 힘있게 보내는 기술들이 연마되기에 이른다. 결국 현재의 공놀이 스포츠는 곡선인 공의 궤적을 얼마만큼 빠르고 직선에 가깝게 상대에게 보내느냐 하는 데 그 모든 관점이 담겨 있다.

그중, 테니스는 곡선일 수밖에 없는 것을 직선으로 바꿔놓는 운동 중에서 가장 미적인 운동이다. 테니스는 네트를 놓고 서로에게 공을 보내는 운동경기이다. 상대가 받을 수 없는 곳에 공을 보내어 실수를 유도하고, 선 안에 집어넣어 점수를 내는 경기이다. 탁구나 배드민턴, 배구와 비슷하다. 네트를 친 스포츠는 가장 신사적이고 매너 있는 게임이다. 서로의 몸이 닿지 않고 오로지 정해진 룰 안에서 게임을 실행한다.

선 안에 공을 보내 상대가 받지 못하면 이기는 스포츠, 그것의 매력은 오직 자신만의 실력 외적인 그 어떤 것에도 기댈 수 없다는 데 있다. 반칙이 없는 유일한 스포츠인 셈이다. 우리가 테니스에 열광할 수밖에 없는 가장 큰 이유는 바로 그 미적인 것에 있을 것이다. 적어도 나는 그렇다. 멀리서 서로에게 공을 보내고 상대가 받지 못하도록 하는 움직임과 실력이 테니스의 전부라는 것이다. 그리고 가장 최근 우리는 가장 아름다웠던 그 곡선에서 직선으로 바뀌는 찰나의 광경, 선을 넘지 않으려 애쓰는 미적인 동태를 정현 선수의 게임을 통해서 보게 되었다. 그가 아직 젊고 아주 많은 게임을 남겨놓은 동시대 사람이고, 같은 국민으로 살게 된 것은 일생의 어떤 행운이다. 물론 테니스에 빠져 있다면 말이다.

우리가 정현에게 열광하는 이유는 이번에 거둔 성적 때문만은 아닐 것이다. 대부분의 사람들은 그가 2018년 호주오픈 16강에서 조코비치를 꺾은 다음에야 알게 되었을 테지만 테니스 좀 친다거나 중계되는 경기를 즐겨 보는 사람이라면 그의 경기를 기다려왔을 것이다. 내가 그의 경기를 처음 보게 된 것은 2017년 파리오픈이었다. 솔직하게 말하자면 즐기는 인원에 비해 테니스는 비인기종목이나 다름없지 않던가. 어쩌다 하는 중계도 주로 메이저대회 위주이고, 직접 찾아보지 않으면 우리 선수가 누가 있는지 알 수 없을 정도이니 말이다. 순전히 우연히 보게 된 그 게임에서 나는 아직 어린, 완성되지 않았으나 가능성 넘치는 어떤 것을 보았다. 우리 테니스 선수도 잘만 하면 될 수 있겠구나 느낀 처음의 일이었다. 정현뿐만이 아니라 코리아오픈에서 알게 된 여자 테니스의 장수정도 인상적이었다.

실제 나는 메이저대회에서 한국 선수들의 게임을 거의 처음 보았고, 그게 엄청 신기하기만 했다. 내가 생각했던 것보다 그들은 정말 잘 쳤기 때문이었다. 그니까 실제 존재하는 것보다 우리는 더 낮은 자존감 같은 것이 있었던 게 아닌가 싶다, 테니스는 아주 철저하게 백인들이 영유하는 서양적인 스포츠라고 생각했기 때문이었다.

일고 있는 정현 신드롬은 그가 거둔 성적 때문만이 아니다. 이제 우리 국민은 1등 해서 뜨고, 성적에 모든 찬가를 다 쏟아붓는 그런 시대를 뒤로 한 지 오래전이다. 어떤 노력에 대한 존중,

열정과 패기에 대한 선망 같은 것이 이런 스포츠 선수에 대한 신드롬을 만들어내는 게 아닐까.

정현도 처음 테니스를 시작했을 적에는 상대가 받을 수 없는 곳에 공을 넣는 연습을 한 것은 아니었을 것이다. 공을 받고 상대방이 공을 잘 넘길 수 있는 위치로 넘기는 연습부터 시작했을 것이다. 네트 너머 상대에게 공을 곡선으로 보내는 연습부터 곡선에서 직선으로 선을 넘지 않기 위해 전력을 다하는 움직임과 열정에 우리는 매료되었다. 그간의 그 노력을 우리는 짐작할 수 있게 되었다. 스포츠는 그런 의미에서 사람이 만들어내는 그 어떤 예술품보다도 완성된 미의 걸작이 아닐까 싶다.

선을 넘지 말아야 하는 숙명 안에 테니스는 있고. 정현이 만들어내는 그 아슬아슬한 경계를 우리는 즐긴다. 정현 신드롬의 정체는 바로 그것이다.

모든 스포츠에서 요구되는 것이 매너이지만, 승부에 대한 집착으로 우리는 그것이 쉽게 무너지고 내동댕이쳐진 순간들을 너무나 많이 목도해왔다. 말했듯 테니스는 네트를 치고 멀리 떨어져서 상대에게 공을 보내는 것이니, 스포츠 매너에 있어서는 테니스만한 것이 없겠다. 모든 것은 내 탓이거나 내 실수로 지고, 내가 잘해서 이기는 스포츠인 셈. 상대를 탓할 게, 반칙이나 편법을 탓할 게 전혀 없는 스포츠이다. 그래서 매너가 더 소중하다고 테니스를 좋아하는 사람들은 말한다.

정현과 조코비치가 보여준 상대에 대한 배려와 칭찬, 페더러와 정현이 서로를 향해 쏟아냈던 그 스포츠맨십에 대한 존중이 그 좋은 예일 것이다. 그들이 얼마나 대단한 선수인가 하는 것은 꼭 테니스 팬이 아니더라도 쉽게 알 수 있다. 부상으로 빠진 나달을 포함해 페더러, 조코비치, 감히 말하자면, 물론 현재도 이 삼총사의 시대는 진행형이지만 정현의 출현은 새 시대를 알리는 서막처럼 느껴지는 것이 나만의 생각은 아닐 것이다.

지금껏 이 삼총사가 메이저대회(US오픈, 파리오픈, 호주오픈, 윔블던) 동안 왕좌에 오른 횟수가 페더러 20회, 나달 16회, 조코비치 12회, 모두 합치면 48회로 12년 동안의 모든 메이저대회 우승 횟수와 같다. 물론 12년 동안 이들이 모든 메이저대회를 휩쓸었다는 말이 아니다. 이 셋의 위력이 얼마나 대단했는가 하는 것이 기록으로 증명된다. 실은 그간 이들이 있어서 테니스코트는 언제나 황홀하기만 했지만, 그래서 더욱 조금 심심했던 것도 사실이다. 페더러 잡는 나달이나, 나달 잡는 조코비치나, 조코비치를 이기는 페더러의 경기가 우리가 원한 최고의 경기임을 부정할 수 없는 일이었으니까. 하지만 정현의 등장으로 우리는 더욱 다이내믹한 상황을 상상할 수 있게 되었다. 정현 신드롬이 생성된 중요한 이유이기도 하다. 정현의 등장이 신선하게만 느껴지는 이유는 바로 여기에 있다.

4부 내가, 나에게

호주오픈 정현의 최고 경기는 16강에서 치렀던 조코비치와의 경기를 꼽는 사람이 대부분이지만 나는 개인적으로 32강에서 만난 츠베레프를 압도적으로 제압한 경기가 더욱 인상적이었다. 츠베레프는 키가 2미터에 육박하고 서브 속도는 시속 200킬로미터를 가볍게 넘기며 가끔, 페더러를 가뿐히 이기던 선수이다. 그를 향해 정현이 꽂아 넣던 패싱샷, 아름답다는 말 말고는 생각나는 게 없었다. 정현이 너무 손쉽게 이기는 것을 보고 나는 좀 충격을 받았다. 그건 내 상상에 없는 일이었기 때문이었다. 테니스 메이저대회에서 한국인 선수가 누군가를 이긴다는 것은 언제나 불가능한 일처럼 생각했기 때문이었다. 더군다나 얼마 전에 츠베레프가 페더러를 괴롭히며 이긴 경기가 떠올라서 더욱 그 결과와 과정은 놀랍기만 했다.

우리가 정현에게 매료된 것은 바로 상상하지 않았던 그 일을 상상할 수 있게 만든 데에 있을 것이다. 동시대에 정현의 플레이를 만나는 것은 훗날 다시 증언하게 되겠지만 정말 우리에겐 행운이다. 🐾

상추를 키우다

아파트로 이사온 후, 아이러니하게 나는 작은, 아주 작은 화단을 얻었다. 단독주택에 살 때에는 남는 마당이 있었음에도 그런 생각을 할 수 없었다. 베란다에 딸린 아주 작은 정원, 다른 사람들은 그곳을 어찌 사용하는지 알 길이 없으나, 나는 그곳에 상추를 심었다. 뿐만 아니라 취나물, 부추, 케일, 호박, 가지, 셀러리 등 갖가지 채소도 함께였다. 순식간에 서로 경쟁하듯 채소들은 무서운 속도로 일어섰다. 그 속도를 나는 따라잡지 못해서 난감함이 들었다. 나는 식물의 꽃보다 잎을 좋아한다. 변함없는 잎사귀의 푸름이 곧 질지 모를 꽃에 대한 불안함을 떨쳐주는 것 같아서다. 매일 나는 채소 앞에 망연자실 쭈그리고 앉는다. 그것들을 보고 있자면 많은 생각이 사라지고 생겨난다. 식물의 생명력은 사람의 마음을 비우게 하는 재주가 있다.

상추의 주름 하나에 기억 하나, 그것을 보고 있자니 초여름 초저녁잠을 닮았다는 생각이 든다. 불쑥 언제인지도 기억나지 않는 어느 초여름 날의 외갓집 풍경이 떠오른다. 아마도 흡사 잎에 핀 주름들이 외할머니의 그것과 닮아서인지도 모르겠다. 평생 장에서 철물점을 해온 외할아버지의 갑작스러운 죽음 앞에 시든 모습으로 서 있던 외할머니의 눈물이 머릿속에 스민다. 상중에도 어린 나는 상추를 먹고 편안한 졸음을 만끽했었다. 상추는 슬픔도 상실감도 잊게 하는 마법이 있었다. 슬픔도 상추가 선사한 졸음 앞에서는 무용지물이었다. 우리는 여유로운 졸음에 빠져들게 하고 상추는 우리의 슬픔과 시름을 고스란히 잎사귀의 주름에 새겨넣는 것만 같았다. 우리의 기억들은 상추의 주름 안에 모두 남겨진 것 같았다.

요즘 매일 상추를 먹는다. 된장은 어머니가 직접 담근 것인데 그 궁합이 기막히다. 또 하나의 기억이 떠오른다. 아주 오래전 외갓집 툇마루에 앉아 이른 저녁을 먹던 풍경이 겹친다. 혼기를 놓쳐 애를 태우던 이모들이 상에 모여 밥을 먹고 있다. 결혼을 앞두고 있던 서울에서 공부하고 내려온 작은외삼촌과 외할아버지가 겸상을 하고 있다.

그리고 30여 년이 지난 어느 초여름 초저녁, 상추에 새겨진 기억 하나를 꺼내본다. 상추의 맛은 그때와는 확연히 다르다. 내게는 기억 하나 넣을 여유로운 초여름 초저녁의 툇마루가 이제는 없다. 앞으로의 기억도 이제 없을 것이다. 그럼에도 상추가 무섭게 자라나는 속도는 아직 적응이 되질 않는다. 그나저나 상추 주름 안에 자리잡은 외할아버지, 외할머니에 대한 추억이 새삼 떠올라 또다시 편안한 졸음으로 바뀌는 하루다. 어쨌든 상추는 고마운 일이다. 🍂

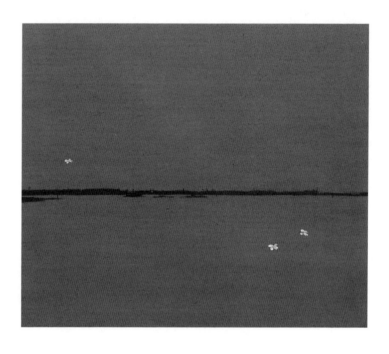

스물아홉의 내가
서른아홉의 나에게

30세는 죽음을 시작하는 나이이다. 서른이 되면 무슨 큰일이 일어나는 줄 알았던 시절이 있었다. 매일 고통에 빠지고, 절망의 보편화를 꿈꾸던, 젊은 치기로만 살아가던 때, 20대의 끝이었다. 서른이 되고서는, 30대가 되면 그렇게 어렵게, 몸으로, 시간으로 때우며 마련한 개똥철학을 어떻게든 실현하며 살 줄 알았었다. 적어도, 나는 30대에 내가 마음먹은 대로 살 줄 알았다.

나의 20대는 많은 곳을 흘러다녔다. 가만히 한곳에 머물러 있지를 못했다. 방학 때마다 가방 하나를 둘러메고 도시에서 도시로 흘러다녔다. 아니, 방학이 아니어도, 학교를 등지고 나는 어딘가의 밤에서 밤으로 스며들었다. 학점은 졸업 같은 것을 꿈꿀 수 없을 만큼 절망적이었다. 미래라는 시간은 머물러 있는 자들에게만 어울리는 수식어처럼 여겼다.

도시는 생명력과 인격이 있어, 사람과 사람이 다른 것처럼 공통점 같은 것을 찾아볼 수도 없었다. 공통점이라야, 사람이 산다는 것 정도였다. 새로운 도시는 그 도시만의 새로운 감각과 감성이 있었다. 20대의 나는 도시의 감수성을 받아들이는 것이 전부였다. 20세가 되기 전까지 거의 한곳에 머물러 있었기 때문에 내 본능은 어딘가로 가야만 한다고 말하는 것 같았다. 나는 머물러 있지 않았다. 나뿐만이 아니라 모든 20대가 그리하여 흘러다니기를 원하는 것일지도 모른다.

20대의 끝, 정처 없이 흘러다니다가 나는 한 절에 멈추었다. 이 나라의 거의 모든 절이 이제 세상 밖으로 나와, 도시와 가까워졌지만, 내가 있었던 그 절은 설악산 깊숙한 곳에 자리하고 있었다. 걸어서 올라가려면 쉬지 않고 두 시간 반은 걸어야 하는 거리였다. 겨울이 되면 눈 때문에 마을과 왕래가 끊겼다. 마을과, 사람과 단절된 그 시간이 내 20대의 마지막이었다. 한없이 슬펐다. 서른이 된다는 것은 점점 죽음의 시간과 마주하게 될, 찰나를 준비하는 것이었다. 분명, 나는 그곳에서 그것을 깨달았다. '서른에는 죽음이 시작된다'는 것.

그 시절 나는 상처 입어, 산속에 들어갔다. 도시와의 결별이었다. 몇 년 동안 흘러다니고, 떠돌아다녔던 시절의 종점이었다. 미래에 대한 부정과 절망이 총체적으로 마음을 가만두지 않았다. 매일, 매일 마음속은 지옥이었다. 처음으로 내가 스스로 죽을 수도 있겠구나, 하는 생각을 했다. 막연하고, 형체가 불분명한 죽음에 대한 인식이 아니라, 그것은 굉장히 현재적이고, 실천적이었으며, 또한 구체적인 것이었다. 달리 얘기하면 죽음의 실체와 처음으로 대면했다고 말할 수 있을지도 모르겠다. 서른이 된다는 것, 30대를 산다는 것은 그 많은 죽음을 대면하고 옆에 두는 것이다.

매일 밤, 한밤중이 되면 나는 짐을 쌌다. 내려가야겠다, 다짐했다. 외로움을 견딜 수가 없었다. 천천히, 꼼꼼하게 배낭을 쌌다. 누가 가르쳐주지 않았어도, 절에서 내려가는 것은 그렇게 조용히 한밤중에 사라져야만 한다는 것을 알고 있었다. 보이지 않으면, 내려갔나보다, 사람들은 여길 것이다. 스님들이 스윽, 왔다가 그렇게 사라졌고, 절에 올라온 사람들이 있는가 싶다가도 내려가고 없었다. 나는 한밤중, 방을 깨끗하게 치우고, 배낭을 메고 조용히 절을 빠져나왔다. 발목까지 빠지는 눈길을 씩씩하게 걸었다. 마음은 가벼웠다. 빨리 벗어나고 싶었다. 은은하게 달빛이 내 뒤로 따라붙었다. 한 시간쯤 내려가면 아름다운 계곡과 만나고, 그 위 다리가 놓여 있었다. 다리 위에 서서 내설악 쪽을 바라보는 풍경이 근사했다.

가만히 서서 하늘을 올려다보면 마음은 언제나 그 다리 위에서 바뀌었다. 다시 올라가자, 이렇게 마음이 나약해서 무엇을 30대에 이룰 수 있겠는가, 자신에게 되물었다. 그것은 별로 쓸모

있거나, 의미 있는 일은 아니었다. 30대에 뭘 하고자 마음을 달리 바꾼 것은 아니기 때문이다. 다리 위에 서서 내려온 길을 돌아다보면, 결심은 선명해졌다. 나는 다시 산을 올랐다. 배낭을 메고, 끙끙대며 절로 다시 올라갔다.

그런 일이 거의 매일 밤 반복되었다. 짐을 싸서 한밤중 몰래 절을 빠져나왔다가, 다리 위에서 마음을 바꾸어 도로 절로 돌아갔다. 30세를 맞는 20대의 대응은 이렇게 갈팡질팡한 것뿐이었다. 그러다 우연히, 서른이 되었다.

서른은 인생을 시작하는 나이이다. 죽음의 실체에 가까워졌다는 것은 이제, 살아봐도 된다는 얘기이다. 인생은 그렇게 죽음 위에 서는 것이다. 위태롭고, 날 선 인생의 시작은 그랬고, 이후 지금은 서른아홉을 앞에 두고 있다. 조금 더 한 발짝 죽음에 가까워졌고―늙었다는 얘기가 아니다―더욱 위태로운 줄 위에 인생이, 삶이 진행되고 있다. 갈팡질팡하던, 흘러다니던 20대는 줄 타는 30대의 말 그대로 전조이다. 얼마 전, 시 쓰는 후배와 여행을 함께했다. 그의 고민은 안타까웠으나, 새로운 것은 없었다.

"형, 이제 서른하나인데, 어떻게 살아야 할지 모르겠어요. 너무 막막해요."

"넌, 공부를 10년이나 한 놈이 왜 그러냐."

그도 그럴 것이 그는 이미 박사과정까지 끝난 터였다.

"그래서 더 할 게 없다니까요."

"하기 싫은 일이 더 많아진 것이겠지. 말을 바로 하자면."

"맞네, 그 말이."

30대에는 하고 싶은 일만 하고 사는 때는 아닌 것이다. 자신의 가치를 증명하기 위해서는 하나의 직업을 갖는다는 것은 너무 한정적인 일이다. 실제의 시련은 그리하여, 20대가 아니라, 30대다. 돈을 벌기 시작하고, 돈을 쓰기 시작하고, 어떻게 인생을 허비할 것인지를 결정하는 시절이기 때문이다.

"욕심이 없어서, 그래. 지금, 욕심 맘껏 부려라, 마흔이 가까워질수록, 무뎌진다. 하기 싫은 일을 하지 않는 욕심을 부려야지, 그게, 인생 시작하는 거야."

제법 어른스럽게 후배에게 말했지만, 마음 한구석이 짠했다. 속으로는, 다 거짓말이다. 외치고 있었기 때문이었다. 30대는 삶을 보기 시작하는 나이이지. 삶을 시작한 나이는 아닌 것 같았다. 서른아홉이 되어보니, 그런 것 같았다. ❧

마흔아홉의 내가
서른아홉의 나에게

1.

서른아홉의 나를 떠올리면 자꾸 꾸짖고 싶어진다. 과거의 나를 소환하는 것만큼 고통스러운 일이 또 있을까. 즐거운 날이 많았음에도 지나온 시간을 떠올리면 왜 이렇게 비관적인지 모를 일이다. 나는 항상 스스로 열심히 살아왔다고 생각했다. 하지만 아니다. 나는 그저 바쁘게 살았다. '열심히'와 '바쁘게'는 다른 의미다. 부사의 모호함, 삭제해도 무방한 것들, 문장에 어떤 영향도 영양도 없는 것에만 의미를 두고 살아왔다. 나는 '그저 살아왔다'라고 문장을 수정한다. 결과적으로 점점 나를 잃어가는 삶을 택했다. 그런데도 남은 것이 무엇인가, 사악하게 셈해본다. 무엇을 남기고 싶었던가, 떠올려본다. 애초에 그런 것은 없었을 것이다. 되는대로 살다보니 바빴던 것이고, 아무런 계획이 없었으니 어떤 목표가 있었던 것도 아니었을 것이다. 삶의 목적이 없었으니 지금 뭔가 남아 있을 게 없는 것은 당연하다. 꼭 지금 뭐가 있어야 하는 것이 아님에도 자꾸 뭔가를 챙기려 든다. 결국 나도 평범한 꼰대가 되어버렸다. 어떤 측면에서 젊은 날의 나태함을 포장하려니 품이 드는 것이다.

2.

데뷔 후 그간 썼던 산문 원고를 정리하다보니 10여 년 동안 참으로 많은 것들이 바뀌었음을 새삼 깨달았다. 10여 년 전의 나를 떠올려본다. 나를 둘러싸고 있던 세계를 복원해본다. 하지 말았어야 하는 일과, 꼭 했어야만 했던 일을 가늠해본다. 그사이 부모님은 80대가 되었고 나는 이제 완연한 중년의 중턱을 넘는 중이다. 여태껏 관계가 소원하지 않은 이가 몇이나 남았나, 셈해본다. 소망했던 일이 이루어진 게 무엇인가, 이루지 못한 것은 무엇인가, 곰곰 생각해본다. 그 처음을 떠올려본다. 물론 기억나지 않는다. 삶은 후회의 다른 뜻이다. 이럴 때면 산다는 게 참 부질없는 일 같다. 그런 생각을 하니 죽은 이들이 떠오른다. 짧지만 함께했었던 시간과 기억이 새삼스럽다. 살아남은 이들의 몫을 가늠해본다. 사는 게 사치스럽게 느껴질 때가 있는데 사소한 일에도 자꾸 의미를 찾으려고 할 때다. 의미를 두지 말자, 다짐하지만, 좁아진 속이 커질 리가 없다.

꿈에 자꾸 죽은 이들이 찾아온다. 반가운 사람들이다. 나이가 들어가며 꿈이 더욱 선명해졌다. 금세 망각의 저편으로 사라져버렸던 이미지가 꽤 오랫동안 잠에서 깬 뒤에도 남곤 한다. 어젯밤에는 큰아버지를 뵈었고, 지난달에는 외할머니가 찾아와 내게 용돈을 주기도 했었다. 잠에서 깨어서는 이 꿈이 어떤 계시일 거라고 믿곤 했다. 그들이 가졌던 믿음과 신앙이 내 종교다. 여전히 이어져 있는 신비한 어떤 영혼의 끈에 대해 생각한다. 반면 안타깝게 일찍 이별한 친구들, 형들의 모습은 좀체 보기 어렵다. 이 세계 밖에서 밖으로 존재하는 이들에게 기별을 보내기 위해 잠을 청한다.

3.

여전히 소설에 대해서는 낭패뿐이다. 최근에 수업중에 소설을 발표한 한 학생에게 이런 질문을 한 적이 있었다.

"신이 존재한다면, 신은 어디에 있니? 어디에 있을까?"

질문을 받은 학생은 당연히 당황했다. 수업을 듣는 모두가 이런 말도 안 되는 말에 진지해져야만 한다는 일이 곤혹스러웠을 것이다. 질문을 받은 학생이 조용히 검지로 하늘을 가리켰다.

"하늘?"

학생들이 갸우뚱 고개를 저었다.

"네가 가리키는 곳이 우주 어딘가를 향하고 있는 것은 알지?"

나는 소설에서 화자와 작가와의 관계에 관해 설명하려던 참이었다. 학생은 영 영문을 모르겠다는 표정을 지으며 나를 바라보았다. 나는 고개를 돌려 학생 모두에게 같은 질문을 다시 했다.

"하나님은 어디에나 계십니다."

교회에 열심히 나가는 한 친구가 대답했다. 어디에나 있다는 말은 없다는 말처럼 들렸다. 그 말은 진리이거나 맹목적인 신앙과 믿음을 강요하는 느낌이랄까. 종교적인 의미로 물은 것이 아니었으므로 나는 잠시 뜸을 들였다.

"그래, 하나님이 이 세상을 만들었다면, 하나님은 이 세상 밖에 있겠지. 밖에서 들여다보고 있는 걸 거야. 그러니 어디에나 있는 것이라고 말할 수도 있는 거겠지. 작가도 마찬가지야. 작가는 소설 밖에 있고, 어디에나 있는 신과 같아. 소설적 상황에는 관여하지 않고 그저 보고 있는 존재일 뿐이야."

왜 그런 거창한 말을 해버렸는지 지금도 이해할 수 없는 일이다. 나는 그렇게 말하고 며칠을 고민에 빠졌다. 진심인가, 아닌가, 거짓말과 허구에 능통한 작가라서 그런가, 모르겠다. 이 비유에서 가장 중요한 지점을 생각한다. 신은 인간이 처한 고통스러운 상황에 관여하고 있는 걸까? 아마도 그렇지 않을 것이다. 하지만 종래에 어떤 심판이 있을 거라 인간들은 믿는 거니까. 작가도 마찬가지일 것이다. 소설 밖에서 인물의 상황에 관여하지 않지만, 인물에 대한 심판이 가능한 존재. 그래서 그런지 서른아홉의 나는 소설 쓰는 데 두려움이 없었으나, 마흔아홉의 나는 그렇지 못하다. 신은 인간이 두렵다. 그러니 그저 지켜볼 뿐이다. 너그러운 마음으로 바라볼 뿐이다. 신이 있다면, 이 좁은 세계 안에서 서로를 파괴하지 못해서 안달이 난 우리를 보고 있다면, 그런 마음일 것이다.

4.

마흔아홉의 내가 서른아홉의 나를 만나게 되면 나는 그에게 이런 말을 남기고 싶다. 너무 바쁘게 살지 말아라. 밤에 잠을 충분하게 자라. 몸을 너무 혹사하지 마라. 부모의 말을 잘 들어라. 그리고 제발, 용기를 내어라. 아니, 아무렴 괜찮다. '하지 마라'와 '해라'만 이 삶의 지표로 남는 것은 아닐진대, 10년이라는 시간이 이렇게밖에는 남지 않으니 삶은 중장년이 되어도 여전히 유아기를 넘어서지 못하는 것만 같다.

그런데 나는 알고 있다. 마흔아홉의 내가 서른아홉의 내게 후회를 줄이기 위해 무언가를 말한다고 해도 나는 듣지 않을 것이다. 들을 귀가 없던 시절이었다. 그때의 나는 안쓰럽다. 서른아홉의 나는 물질적, 심적 여유가 없어서 언제나 분노에 휩싸여 있었다. 유일한 희망과 처방은 도망치는 것뿐이었다. 나는 너무 떠돌아다녔다. 그렇지만 언제나 돌아왔으므로 나는 어디든지 떠난 적이 없다. 갈팡질팡 나는 어정쩡하게 서서 인생을 허비했다.

그렇게 10년이 지나고 나는 대구로 흘러들었다. 많은 것이 바뀌었으나 그대로이다. 여전하나 예전처럼 분노하지 않는다. 여유가 생겨서가 아니라 이제는 그만한 에너지가 없다. 나는 이제 막, 늙기 시작했다. 생물학적이나 나이에 관한 것이 아니다. 마음이 그렇고 기억이 그렇다. 나의 삶은 노쇠해졌다. 그리하여 서른아홉의 나에게 해줘야 할 말은 수정되어야만 한다. 마흔아홉의 나는 서른아홉의 나를 안쓰러워하지만, 그것은 서른아홉의 내가 마흔아홉의 내게 가져야 할 마음이라는 것을 말해줘야만 한다. 너무 늦었다고 말해야 한다. 후회하기에도, 뭔가를 시작하기에도 모든 게 너무 늦었다. 순응하지 않으면 순응해야만 한다. 서른아홉의 내가 마흔아홉의 내게 말한다. 다시 기회가 온다면 내 10년은 달라졌을까. 10년이 다시 흘러서 쉰아홉의 내가 마흔아홉의 내게, 묻는다면. 🍂

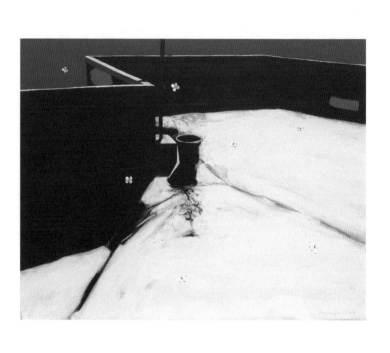

도판 목록

ⓒ 이상선

표지 정물-날으는 들꽃, 65x53cm, acrylic and oil on canvas, 2011

차례(6-7쪽) 추상적인 인상-날으는 들꽃#4, 100x100cm, acrylic and oil on canvas, 2013

차례(8-9쪽) abstractly-날으는 들꽃, 23x16cm, acrylic and oil on canvas, 2012

10-11쪽 abstract impression, 26x60cm, acrylic and oil on linen, 2014

34-35쪽 도시-날으는 들꽃, 150x210cm, acrylic and oil on canvas, 2011

53쪽 도시-날으는 들꽃, 22x27cm, acrylic and oil on canvas, 2012

61쪽 추상적인 인상-날으는 들꽃#2, 100x100cm, acrylic and oil on canvas, 2013

62-63쪽 abstract impression, 60x88cm, acrylic and oil on linen, 2014

72-73쪽 abstractly(지리산)-날으는 들꽃, 22x27cm, acrylic and oil on canvas, 2012

79쪽 abstractly(풍경)-날으는 들꽃, 50x36cm, acrylic and oil on linen, 2012

96쪽 abstractly(북한산)-날으는 들꽃, 22x50cm, acrylic and oil on canvas, 2012

104-105쪽 도시-날으는 들꽃, 91x117cm, acrylic and oil on canvas, 2011

112쪽 abstractly(한강)-날으는 들꽃, 26x18cm, acrylic and oil on canvas, 2012

128쪽 abstractly(문)-날으는 들꽃, 각23x16cm, acrylic and oil on canvas, 2012

138쪽 추상적인 인상-날으는 들꽃, 100x100cm, acrylic and oil on canvas, 2013

146쪽 도시-날으는 들꽃, 91x117cm, acrylic and oil on canvas, 2011

152-153쪽 도시(가로등)-날으는 들꽃, 38x46cm, acrylic and oil on canvas, 2012

168쪽 추상적인 인상-날으는 들꽃#3, 100x100cm, acrylic and oil on canvas, 2013

178쪽 abstractly(일상)-날으는 들꽃, 53x46cm, acrylic and oil on canvas, 2012

188쪽 나의 잊히지 않는 바다-날으는 들꽃, 46x53cm, acrylic and oil on canvas, 2011

200-201쪽 도시-날으는 들꽃, 46x53cm, acrylic and oil on canvas, 2011

202쪽 도시(옥상)-날으는 들꽃, 130x97cm, acrylic and oil on canvas, 2011

○ 모든 작품은 컬러로 제작되었으나, 책의 성격상 흑백으로 전환하였습니다.

느네 아버지 방에서 운다

초판 1쇄 인쇄 2023년 6월 5일
초판 1쇄 발행 2023년 6월 15일

지은이 백가흠

그림 이상선 **편집** 이경숙 김민정 신정민 **디자인** 김문비 **마케팅** 김선진 배희주
브랜딩 함유지 함근아 김희숙 고보미 박민재 정승민 배진성
저작권 박지영 형소진 최은진 오서영
제작 강신은 김동욱 임현식 **제작처** 한영문화사

펴낸곳 (주)교유당 **펴낸이** 신정민
출판등록 2019년 5월 24일 제406-2019-000052호

주소 10881 경기도 파주시 회동길 210
전화 031-955-8891(마케팅) 031-955-2692(편집) 031-955-8855(팩스)
전자우편 gyoyudang@munhak.com

인스타그램 @gyoyu_books **트위터** @gyoyu_books **페이스북** @gyoyubooks

ISBN 979-11-92968-31-5   03810